光文社文庫

長編時代小説

夜桜

吉原裏同心(17)
決定版

佐伯泰英

光　文　社

目次

新吉原廓内図

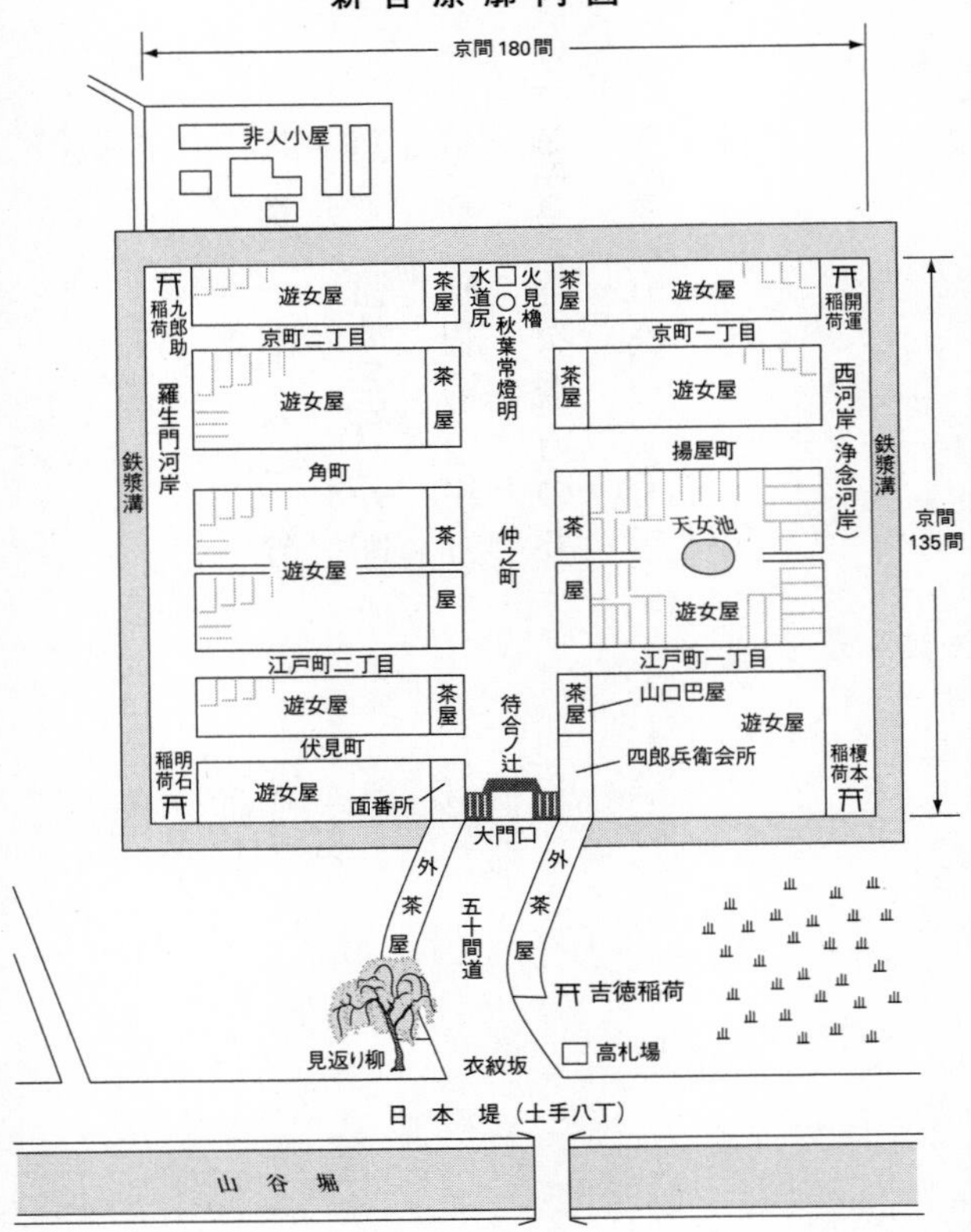

京間180間
京間135間
非人小屋
九郎助稲荷
遊女屋
茶屋
水道尻
火見櫓
秋葉常燈明
開運稲荷
京町二丁目
京町一丁目
羅生門河岸
西河岸(浄念河岸)
鉄漿溝
揚屋町
角町
仲之町
天女池
江戸町二丁目
江戸町一丁目
山口巴屋
待合ノ辻
伏見町
明石稲荷
四郎兵衛会所
榎本稲荷
面番所
大門口
外茶屋
五十間道
吉徳稲荷
高札場
見返り柳
衣紋坂
日本堤(土手八丁)
山谷堀

北
東
南
西
荒川
千住大橋
鐘ヶ淵
隅田村
千住道
三河島
田端
日暮里
駒込
谷中
小塚原
日本堤
隅田川
寺島村
金杉上町
新吉原
鷲神社
今戸町
山谷堀
今戸橋
千駄木
白山
下谷
東叡山寛永寺
浅草寺
小梅村
根津権現
御楽園
小石川
本郷
中堂
卍幡随院
広徳寺
阿部川町
東本願寺
浅草花川戸町
吾妻橋
伝通院
不忍池
新堀川
田原町
竹町ノ渡し
三間町
菊坂町
池之端仲町
下谷広小路
御徒町
並木町
駒形堂
春日町
水戸徳川家
湯島天神
蔵前
北割下
牛込
森田町
石原町
神田川
神田明神
外神田
向柳原
御米蔵
神楽坂
牛込御門
小石川御門
水道橋
天王町
浅草橋
柳橋
御竹蔵
昌平橋
筋違御門
和泉橋
南割下水
番町
田安御門
柳原土手
両国広小路
本所
市谷
俎板橋
雉子橋御門
一ツ橋御門
内神田
馬喰町
両国橋
回向院
竪川
市谷御門
清水御門
神田橋御門
小伝馬町
今川橋
日本橋
新大橋
常盤橋御門
小名木川
麹町
江戸城
北町奉行所
室町
江戸橋
仙台堀
深川
半蔵御門
呉服橋御門
日本橋
南茅場町
西之御丸
南町奉行所
材木町
鍛冶橋御門
組屋敷
八丁堀
永代橋
京橋
富岡八幡宮
桜田御門
霊岸島
永田町
赤坂御門
数寄屋橋御門
西本願寺
越中島
山王日枝神社
新橋
石川島
築地
佃島
溜池
幸橋御門
汐留橋

『夜桜』主な登場人物

神守幹次郎……豊後岡藩の馬廻り役だったが、幼馴染で納戸頭の妻になった汀女とともに逐電の後、江戸へ。吉原会所の七代目頭取・四郎兵衛と出会い、剣の腕と人柄を見込まれ、「吉原裏同心」となる。薩摩示現流と眼志流居合の遣い手。

汀女……幹次郎の妻女。豊後岡藩の納戸頭との理不尽な婚姻に苦しんでいたが、幹次郎と逐電、長い流浪の末、吉原へ流れつく。遊女たちの手習いの師匠を務め、また浅草の料理茶屋「山口巴屋」の商いを手伝っている。

四郎兵衛……吉原会所の七代目頭取。吉原の奉行ともいうべき存在で、江戸幕府の許しを得た「御免色里」を司っている。幹次郎と汀女を吉原に迎え入れた後見役。

仙右衛門……吉原会所の番方。四郎兵衛の右腕であり、幹次郎の信頼する友。

玉藻……四郎兵衛の娘。仲之町の引手茶屋「山口巴屋」の女将。

三浦屋四郎左衛門……大見世・三浦屋の楼主。吉原五丁町の総名主にして四郎兵衛の盟友であり、ともに吉原を支える。

薄墨太夫……吉原で人気絶頂、大見世・三浦屋の花魁。吉原炎上の際に幹次郎に助け出され、その後、幹次郎のことを思い続けている。幹次郎の妻・汀女とは姉妹のように親しい。

身代わりの左吉……罪を犯した者の身代わりで牢に入る稼業を生業とする。裏社会に顔の利く幹次郎の友。

村崎季光……南町奉行所隠密廻り同心。吉原にある面番所に詰めている。

足田甚吉……豊後岡藩の長屋で幹次郎や汀女と一緒に育った幼馴染。岡藩の中間を辞したあと、吉原に身を寄せ、料理茶屋「山口巴屋」で働いている。

柴田相庵……浅草山谷町にある診療所の医者。お芳の父親ともいえる存在。

お芳……柴田相庵の診療所の助手。幼馴染の仙右衛門と夫婦となった。

おりゅう……吉原に出入りする女髪結。幹次郎と汀女の住まう左兵衛長屋の住人。

長吉……吉原会所の若い衆を束ねる小頭。

金次……吉原会所の若い衆。

政吉……吉原会所の息のかかった船宿牡丹屋の老練な船頭。

夜　桜──吉原裏同心（17）

第一章　一両対二分

一

春うらら、なんとも長閑な日和が続く江戸で奇妙な催しが続いた。

始まりはひと月も前のことだった。

日本橋の橋の袂にひとりの若侍が自ら墨書したと思える金釘流の木札を掲げて黙って立っていた。年のころは二十歳をふたつ三つ過ぎた浪人風の侍で、着流しの腰に黒塗りの刀を一本、落とし差しにしていた。凜々しい顔立ちでどことなく育ちのよさを感じさせた。

「なんだい、あいつ」

「仇討じゃねえか」

「討つほうか、討たれるほうか」

「そりゃ、おめえ、討たれるほうが木札なんぞ出して人目は惹くめえ。討つほうだな。家中の朋輩に若い女房を手籠めにされて殺されてよ、それで朋輩は備前の国許を逐電した。そこで殿様の命で仇討が始まったというわけだ」

「相手の名は」

「さあてな、そこまで書いてねえ」

「おめえ、字が読めたか」

「職人が字なんぞ読めるわけはねえよ、馬鹿にするな」

「じゃあ、どうして仇討と分かる」

「そうじゃねえかと思っただけだ」

「なんだと、朋輩だの、若い女房だの、備前国だの、逐電だのってどうして知ったえ」

「だから、そうじゃねえかと思ったことを口にしただけだ」

道具箱を担いだ職人ふたりが若い浪人の前で掛け合っていたが、若侍は動ずる風もなくにこにこと笑っている。

「おめえさん方、仇討じゃございませんよ」

職人ふたりの傍らにいた隠居風の年寄りが両人の掛け合いに割って入った。

「おや、ご隠居さん、字が読めるか」

「これでも口入稼業南天屋の主を長年務めてきた等右衛門です。読み書きくらいできますよ」

「ほう、大したもんだ。それでなんて書いてあるんだ」

隠居が若侍を見て会釈をすると、

「よしなに」

と若侍が応じた。

「金一両差し上げます」

「な、なんだって、この若い浪人さん、通りすがりの人に一両ずつ配るってかい。そんな金持ちには見えないがな」

と言いながらも職人のひとりが若侍に向かって手を出した。

「あとがあります。そう焦ってはいけませんな」

「ならばご隠居さん、ひと息に読んでくんな」

「ただし、一丁(約百九メートル)走り合いの上、当方に勝ちを収めた者に限らせて頂き候。なおそれがしが勝ちを収めた場合は二分を申し受け候。

石州浪人河原谷元八郎、ですと」

隠居の読み下す言葉を聞いた一同が、ぽかん、として若侍を見つめた。

「お侍さんよ、冗談かえ」

「冗談ではござらぬ、真剣にござる」

「な、なんでまた突拍子もねえことを考えた。おめえさんが負けて一両を出し、勝って二分をもらうって損じゃないかえ」

「負けませぬ」

「ええ自信だな」

「はい」

と涼しい顔だ。

小僧を従えた番頭風の男が、

「大変差し障りのあることをお訊き致しますが、一両はお持ちでございますか」

と尋ねた。

失礼千万な問いににっこり笑った若侍が懐に片手を突っ込み、長年、人手から人手に渡ってきたと思える一両小判を出して一同に見せた。

「持ち金の最後の一両にございます」

「そりゃ大事に使わねばなりませんよ。そんな馬鹿げたことに使われてはなりませぬ」

「いささか事情がございまして、かようなことを考えました。それがし、幼いころからお城の馬場で馬と走り合いをしながら育ちましたゆえ、走りには自信がございます」

「ご一統、どうやら本気のようですよ」

「だけどよ、受けて立つ相手がいるか」

「どうだろうね」

職人の言葉に隠居が応じた。そんな様子を若侍はにこにこと笑って見ている。

「お侍さんよ、念を押すようだが本気なんだな」

と群衆の後ろから声がかかった。

通一丁目の飛脚問屋十文字屋の奉公人の助造だ。この界隈では韋駄天の助造として名が知られ、お店が早飛脚を出すときにはわざわざ、

「韋駄天の助造さんに」

とご指名がかかるほどだ。

「おおっ、最初から真打が名乗りを上げましたよ。助造さんよ、一両をどうしよ

うってんですね」

助造の韋駄天ぶりを承知の乾物屋沼田屋の旦那茂吉が訊いた。

「旦那、一両が欲しいわけじゃないさ。お侍さんにはたしかになにか事情がありそうだ。花の日本橋南詰にこんな木札を立てられて黙っていたんじゃ、この界隈の名折れと思ってね」

「その心意気ですよ」

「だけど助造さん、二分の持ち合わせはあるのかい。ないのなら、私が立てかえておきますよ」

乾物屋の茂吉が懐に手を入れた。

「旦那、ご親切は有難いが飛脚商売はいつどんなとき、早飛脚を頼まれてお店から飛び出していくか分からない商売だ。いつも懐に路銀に一分金や二朱銀を合わせて一両は用意しているものなんですよ」

韋駄天の助造が懐から巾着を出して見せた。

「やる気だな、助造さん」

口入屋の隠居等右衛門が名乗りを上げた助造に念を押し、

「江戸っ子がいったん口に出したことだ、二言はねえぜ」

よし、と応じた等右衛門がこんどは若侍を顧みた。

「お願い申す」

河原谷元八郎が頭を下げ、腰の一剣を抜くと小判を添えて、

「ご老人、お預かりいただきたい」

と差し出した。すると助造も二分を隠居の等右衛門に渡した。

これで走り合いが決まった。

「南天屋の隠居等右衛門がたしかに双方から、こうして一両と二分をお預かり致しましたよ、ご一統様」

隠居が高々と刀と金子を差し上げ、

「隠居、それはいいが、どっちからどっちに走るんだい」

と助造が訊いた。

「走り場は考えてなかったよ」

等右衛門が河原谷を見た。

「どうでござろう。この高札場を到達点にして、江戸城に向かっておよそ一丁行った辻からこちらに向かって走り出すのは」

と河原谷元八郎が言い、

「西河岸町の辻からこの高札場が走り合いの線だな。双方、それでよいな」

　等右衛門がふたりの走り手を見た。

「ああ、いいとも」

「異存はござらぬ」

　と両人が応じて、西河岸町の辻に走り手たちがゆっくりと向かった。

「隠居、人込みで走り手がぶつかってもいけねえや。行きがかりだ、人込みを整理しようぜ」

　見物の中から職人らが西河岸町の辻に駆け出していき、所々に立って、

「これからよ、一両と二分を賭けた走り合いが始まるよ。しばらくの間、道を空けてくんな」

　と大声を張り上げた。すると、

「なんだって、銭を賭けての走り合いだって。聞いたこともねえぜ。おめえら、見物料を取る気じゃねえだろうな」

「江戸っ子のお兄さんに向かって、なんて言い草だ。おりゃ、行きがかりでこうして人込みの整理をしているんだよ。てめえも見物するなら、手伝いくらいしな」

「よし、事情は呑み込んだ」

人込み整理を手伝う人々が現われて、西河岸町の辻から日本橋高札場前までおよそ一丁とちょっとの、長い走り場がたちまち設けられた。

突然湧き起こった走り合いを前に辺りが静寂に包まれた。

西河岸町の出発点では韋駄天の助造が膝を曲げたり伸ばしたり、屈伸運動に余念がない。

「いいか、韋駄天、尋常の勝負だ。情けはいらないよ、一気に突っ走れ」

と見物の中から知り合いが声をかけた。

「おうっ、合点承知の助だ。一両で一杯おごるぜ」

「当てにしていいのだな」

「韋駄天の助造だぞ」

「違えねえ」

そんな会話をよそに河原谷元八郎は静かにその時を待っていた。

日本橋の高札場前から沼田屋の茂吉が短冊形の長い走路を悠然と歩いてきて、ふたりの前に立った。その手に竹棒があった。

「ご両人、私の合図、一、二の三を聞いて走り出すのですよ。いいですね、抜け駆けはなしだよ」

最後の注意を与え、竹棒でふたりの足元に線を引いた。

「高札場の前にも線が引いてございますよ。どちらかの体の一部が先に線を越えたら勝ちです、勝負が決するのです」

と念を押し、手にしていた竹棒を振り上げ、

「用意してくだされ」

と命じた。

韋駄天の助造は状箱（じょうばこ）を右肩に担いだ体（てい）で線の手前に立ち、上体（じょうたい）を傾（かたむ）けた。

それに対して河原谷元八郎のほうはただ線の手前に右足を置き、背筋を伸ばして立っただけだ。そして、涼しげな両目は一丁余先の高札場を見ている。

「ひぃぃ！」

と沼田屋の旦那の声が響いた。

韋駄天の助造の体が緊張して筋肉が震えた。

「ふぅ！」

ときて、

「みぃ！」

の声が張り上げられ、韋駄天の助造が前傾姿勢のままに飛び出していった。だが、河原谷は走り出す気配がない。

「ど、どうした」

と沼田屋の旦那が出遅れた走者に声をかけたとき、

ふわり

と風が渦を巻いたようなしなやかな走りで河原谷が韋駄天の助造を追い始めた。

そのとき、韋駄天の助造はすでに三、四間（約五・五〜七・三メートル）先を駆けていた。

「韋駄天、その勢いで突っ走れ！」

「負けるな、若侍さん」

黄色い声が河原谷元八郎を応援した。それに反発したか、見物の男どもが、

「それ、行け、助造！」

「十文字屋の底力を見せろ！」

と大声を上げて、日本橋界隈は騒然とした熱気に包まれた。

韋駄天の助造は顔を真っ赤にして中間地点に差しかかっていた。商売で一日何里も走り抜いてきた両足の筋肉が力強く地面を掻いて、前進した。

一方、河原谷元八郎の走りは背筋が真っ直ぐに伸びて、まるで体に重さがないようで軽（かろ）やかだった。だが、最初の出遅れの三、四間（約五・五〜七・三メートル）の差がついたままだ。その顔は涼やかで力（りき）みがどこにも感じられない。どことなく走りそのものを楽しんでいるようにも見受けられた。

「きゃあ、なんて素敵なお顔だこと、走りなんてどうでもいいわ。私が食べさせてあげる」

見物人の中にいた大年増（おおどしま）が思わず叫んだ。

男どもは韋駄天の助造を応援し、女どもは河原谷元八郎に肩入れして、到達線が十数間（約二、三十メートル）先に見えてきた。

「韋駄天、もうひと息だぞ！」

口入屋の隠居の等右衛門が思わず声をかけたとき、後ろから追う河原谷元八郎の走りが不意に変わった。歩幅が、

ぐいっ

と伸びて、一歩着地するごとに韋駄天の助造との間合が狭（せば）まり、到達線の手前三間のところで追いつくと、

すいっ

と前に出て、竹棒で引かれた線を先に越えた。

韋駄天の助造は驚きのあまり茫然としたまま、体ひとつ離されて線を駆け抜けた。

「わあっ！」

日本橋界隈に歓声が上がり、我に立ち返った口入屋南天屋の隠居がふたりの走り手を呼んで、

「ご覧の通り、河原谷元八郎様が勝ちを制されました。韋駄天の助造さんや、尋常勝負の結果、得心ですな」

はっはっはあ
と肩で大きく息をしていた助造が、

「負けました」

と潔く結果を認め、隠居から河原谷元八郎に大刀と木札と一両二分が渡された。

「ご隠居、造作をかけ申した」

と丁寧に一礼した河原谷元八郎は驚いたことに平静の息遣いだ。

見物衆が見守る中、大刀を腰に戻し一両二分を懐に入れると、なにごともなか

ったように日本橋を渡り、人込みに姿を消した。そして、見物の群れもそれぞれの仕事や用足しに戻り、いつもながらの日本橋が戻ってきた。

「おっ魂消たぜ」

河原谷の後ろ姿を見送る韋駄天の助造が思わず漏らした。

「韋駄天も形無しだな」

と声をかけられた助造が声の主を振り向いた。

「読売屋の代一さんか」

代一は、呉服町北新道の路地奥の読売屋『世相あれこれ』の奉公人で面白いネタを探し歩くのが仕事だ。

「走り屋の侍なんて初めて見たぜ。あれがあいつの商売かね」

「いや、そうは思えない。こんなことは初めてだと思うよ」

助造が正直な感想を述べた。そこへ乾物屋の旦那の茂吉も戻ってきて、

「まるで旋風だねえ、あっ、という間に韋駄天を追い越したよ。あれで二分稼いだとはなかなかのもんだ」

「沼田屋の旦那、走り屋があいつの稼業と思うかえ」

「代一さん、あの初々しさだ。初めて思いついたことのように思えるがね」

「おまえさんも韋駄天と同じ考えか」

と読売屋の代一が漏らすと、

「おれが魂消たのはよ、あの侍が全力で走ったんじゃねえということだ」

「途中までおまえさんを先に行かせていたものな。全力を出したのは最後の最後だけだ」

「代一さん、あの侍はよ、最後だって全力なんて出してねえよ。余裕でおれをあとに置いてきぼりにしたんだよ」

「なんだって。するとあの侍は力を抜いて走って、おまえさんをあっさりと負かしたというのか」

「代一さん、念には及ばないよ。ありゃ、化(ば)けものだ」

韋駄天の助造の正直な言葉に読売屋の代一が腕組みして考え込んだ。

「河原谷元八郎様は、またどこかで走り合いを繰り返すということか」

口入屋の隠居がだれとはなしに訊き、韋駄天の助造が頷(うなず)いた。

「おまえさん、もう一度挑(いど)んでみる気か」

「いや、もういい。二分の銭が惜(お)しいからじゃない。何度挑もうと一丁の走り合いじゃ、負けるのが分かっているからだ」

「おかしい」

と読売屋の代一が呟いた。

「どうした」

「河原谷元八郎といったか。あの若侍はよ、走り合いで銭を稼ぐことに狙いがあるんじゃない。なにか隠された狙いがあるのかもしれないな」

「どういうことだ」

「人を集めて注目を引いて、だれかを招き寄せようとしているのか。あるいは真に走り合いで暮らしを立てようとしているのか」

「仇討かね」

「さあてな」

「どうする、読売屋さんよ」

「口入屋の隠居さんよ、こちとらは読売屋だ。あいつの正体が知れるまで付け狙うさ。今日のことも書き立ててさ、次にあいつが商売を繰り返すときに楽にしてやるさ」

「読売に書き立てられて楽になるかね」

「韋駄天、評判になるだけ賭け金は大きくなるものさ。つまりはおれがあいつの商いの手伝いをしてやるってことよ」

読売屋の代一が嘯いて、韋駄天の助造はなんとも割り切れない気持ちで問屋へと戻っていった。

二

吉原の春は梅見にかこつけて男連で賑わった。

初午には廓内の各楼で抱え女郎の名を記した大提灯を軒下に吊るし、赤飯、油揚げを供える風習があった。

初午に通い慣れた楼を訪れた客は、遊女を連れて九郎助稲荷、明石稲荷、榎本稲荷、開運稲荷と四か所の稲荷に次々に詣でるために吉原は終日賑わいを見せた。

二月の梅見から三月の夜桜の季節が吉原では最も華やぎ、明るい季節だった。

神守幹次郎は下谷山崎町の津島傳兵衛道場の朝稽古に出て、その帰りに朝湯に立ち寄り、長屋に戻ると汀女が仕度していた朝餉を食し、着流しに塗笠を被って、ふたたび長屋を出た。

汀女は、浅草寺門前並木町の料理茶屋山口巴屋に仕事に出ていた。

七軒茶屋のひとつ、仲之町の茶屋山口巴屋の玉藻が主だが、玉藻とて廓内と並木町を行き来して二軒の茶屋の面倒をみるのは大変だ。そこで近ごろでは料理茶屋の差配を汀女が受け持ち、ほぼ切り回していた。ために五つ（午前八時）時分には長屋を出ることが多かった。

「いい日和だね、神守の旦那」

と長屋を訪れていた棒手振りの野菜屋源次が声をかけ、女連も、

「これから会所かねえ。長閑でいいやね」

と幹次郎に言った。

神守夫婦が吉原会所に拾われ、左兵衛長屋の住人になって何年の歳月が過ぎたか。もはや幹次郎も汀女もすっかり吉原の暮らしに馴染んでいた。

「近ごろは騒ぎもなく結構なことだ」

と答えた幹次郎に、

「神守様、知っているかい、近ごろ江戸じゅうを騒がせている浪人さんをよ」

「浪人が世間を騒がすだと、どういうことか」

「走り合いの河原谷元八郎って滅法足の速い浪人さんだ」

「聞いた。なんでも金子を賭けて走り競べをするそうだな、何戦もして無敗と聞

いておる」

「おうさ。最初が日本橋の高札場前で、飛脚問屋の足自慢と競い、最後ですいっと追い抜いて勝って以来、江戸の盛り場のあちらこちらに出没してよ、金を稼いでいるとよ」

「それがなんとも男前の若侍というじゃないか。神守様もまあ整った顔立ちだが、なんたって」

と思わず女髪結のおりゅうが幹次郎の顔を見ながら言いかけ、慌ててその先の言葉を呑み込んだ。

「薹が立ったか」

「まあ、そんなところかね、神守様」

「女郎も男も若いのが花かねえ。そこへいくとおりゅうさんなんぞは」

「こら、源公、なにが言いたい」

とおりゅうが棒手振りを睨んだ。

「貫禄がある」

「うまく逃げやがったな。それにしてもその侍、商いで走り合いをやっているのかねえ」

だれに言うとなくおりゅうが呟いた。

「仇討のためという者もいるがね、未だ正体不明だ。だがよ、ともかく足が速いのだけはたしからしいや。昨日なんぞは品川宿で健脚の漁師をさ、十間（約十八・二メートル）も先に行かせといてあっさりと片をつけたらしいぜ」

「お上じゃそんな商いに、黙っている気かねえ」

と、婆さんが目くじらを立ててるように言った。

「河原谷様の評判が上がるたびに名乗り出る足自慢が賭け金を増やそうと言うらしいが、自分は一両、相手は二分の額は変えねえそうな。荒稼ぎしているわけでもなし、騙しをしての勝ちじゃないということでさ、町奉行所もお目こぼしらしいぜ」

町内の噂話を拾って歩く棒手振りの源次が女たちに応じたのを背に聞きながら幹次郎は木戸を出た。

日本堤（俗に土手八丁とも）にも春の芽吹きがあった。

どこからともなく梅の香りが馥郁と漂ってきて、山谷堀の水面に散った紅梅の花びらが浮いている。

山谷堀　ただ立ち竦む　春三十路

上手とも下手ともいえぬ句が脳裏を過った。

幹次郎は日本堤を見返り柳に向かってゆっくりと歩く。土手下の外茶屋の男衆が、

「いい天気にございますね、神守様」

と吉原会所の裏同心に挨拶し、幹次郎もそれに応じながら足を運ぶと、向こうから足田甚吉がやってきた。

「おや、甚吉、のんびりじゃな。初太郎に熱でも出たか」

「そうではないぞ、幹やん」

豊後岡藩の長屋で育った仲だ。昔ながらの呼びかけで甚吉が応じて、

「ここんところ客が立て込んでな、夜の帰りが遅いで、姉様から今朝は少し遅くてよいと言われたんだ」

姉様とは幹次郎の女房、汀女のことだ。

「よいところに奉公して甚吉も幸せじゃな」

「これで、も少し給金が上がるとよい」

「暮らしが立たぬほどの安給金ではあるまい」

「まあそこそこの給金だがよ、すべておはつに吸い上げられてわしが遊ぶ金がない」

「給金が上がってもそれではなんにもなるまい」

「だからさ、玉藻様に掛け合い、給金をふたつに分けてよ、わしのぶんは内緒にしてくれないかな。幹やん、玉藻様にそう掛け合ってくれぬか」

「馬鹿を抜かせ、そのようなことが言えるものか。どうしてもそうして欲しくば甚吉、おまえが掛け合うことだ」

「そのような度胸はないぞ。あっ、そうだ、姉様が口を利いてくれぬかな」

「姉様に口を利けじゃと。おまえの頬べたが腫れ上がっても知らぬぞ」

「なにっ、姉様はそれほど怖いか」

「よからぬことを考える者には容赦はなかろうな。甚吉、つまらぬことを考えんで、おはつさんを喜ばすほど働け」

ふーむ、と鼻で返事をした甚吉が、

「幹やん、おはつにふたり目の子が生まれる。夏過ぎじゃそうな」

「なにより目出度い話ではないか」

「ふーん」

また鼻で返事をした甚吉が日本堤の土手道を隅田川（大川）の方角へと歩き去っていった。幹次郎はその背を見送りながら、

（背が丸まって、あいつも歳を取ったな）

と考えながら風になびく見返り柳の傍らを衣紋坂へと曲がった。

外茶屋はすでに暖簾を上げていたが、大半の遊客が去った時分でどことなく長閑な時間が流れていた。

衣紋坂を五十間道へと下っていくと大門前に空駕籠が並んで駕籠舁きたちが煙草を吸っていた。その傍らには五十間道の饅頭屋の飼い犬のあかがごろんと日だまりで寝転んでいた。

「世は事もなしか」

と思わず呟く鼻先に町奉行所の隠密廻り同心が詰める面番所から村崎季光がのっそりと姿を見せた。片腕を袖から抜いて襟元に出した手で顎の無精髭を撫でている。

「お早うございます、村崎どの」

「遅い出仕にござるな、さすがは腕利きの裏同心どの」

「下谷山崎町に出ておりました」

「なんだ、棒振りの稽古か、つまらん」

とあっさりと武士の表芸の稽古を切り捨てた村崎が、

「なんぞ面白いことはないか」

と訊いてきた。

「騒ぎのないのがなによりではございませぬか」

「裏同心どの、どうだな、例の走り屋を仲之町で走らせるというのは」

「さような客集めは長い目で見ればためにはなりますまい」

「じゃが、一時でも客が集まれば茶屋も楼も儲かろう。とはいえ、わが懐に一分とて入るわけではなし、警固が面倒じゃな」

「さようなことは町奉行所の隠密廻り同心どのが案じることではございますまい」

「いかにもさよう」

と大門前を見た村崎同心が、

「駕籠屋ども、大門前の地べたにむさい形で座っておるとは目障りじゃ、立ち退け」

と大声を上げた。するとむっくりと饅頭屋のあかが顔を上げた。

「村崎様、ここがわっしらの稼ぎ場だ。そんな冷たいことを言わないでください
な」

駕籠舁きの兄貴株が仲間たちを顎で使い、かたちばかり大門前から端へと避け
た。

幹次郎は塗笠の紐を解きながら、腰高障子を引き開けて会所の敷居を跨いだ。

会所の土間にはだれもいなかった。

朝の見廻りに出ている刻限だった。

昨夜の客に胡乱な者はいなかったか、不法に居残りをしている客はいないか、
足抜などを企んだ女郎はいないか、あるいは病の女郎を見世に出していないか、
訊き込むことはいくらもあった。

「神守様ですかえ」

と奥から番方の仙右衛門の声がした。

「いかにも神守にございます」

「こちらにお出でになりませんか」

と応じる番方の声音には以前にも増して落ち着きがあった。

浅草山谷町診療所の柴田相庵の右腕ともいうべきお芳を嫁にして、先祖の墓参りに下野今市外れの沓掛村に旅をして戻ってきたふたりは、柴田相庵が隠居所として建てた離れ屋で新しい暮らしを始めていた。

いわば柴田相庵が娘同然のお芳に仙右衛門という婿養子を取ったようなもので、独り者の相庵にふたりも新たに縁者ができ、俄然張り切っているそうな。

なんとも幸せな話だった。

「朝の挨拶にはいささか刻限が遅うございますな」

遅参を詫びた幹次郎の目に瞑目腕組みして思案する四郎兵衛が映り、仙右衛門が幹次郎のためにお茶を淹れていた。

「下谷山崎町に稽古ですかえ。あちらは変わりないでしょうな」

「津島傳兵衛先生はますますご壮健、門弟衆もいたって血気盛んです」

「そうだ、津島道場に足の速い門弟はいませんか」

「番方、江戸じゅうを騒がす走り屋の河原谷元八郎どのとだれぞを競わせようという魂胆ですかな」

「まあ、そんなところで。なんたって石州浪人風情に江戸じゅうが引っ掻き回されるのが悔しいや」

「とは申せ、河原谷どのはまやかしを使ったわけでなし、二本の足で真っ向勝負を続けておられるのです。なにも番方が目くじら立てることもございますまい」

「それがあるのです」

幹次郎に淹れ立ての茶を供してくれた仙右衛門が四郎兵衛を見た。

「これは恐縮」

四郎兵衛が両目を開いた。

「おお、神守様」

と応じた七代目頭取の機嫌は格別悪いとも思えなかった。ということは瞑想していた頭の中はさほど深刻ではないということか。

「ご両人、どうなされました。いつもと様子が違うように思えます」

「呉服町北新道の路地奥の読売屋がさ、河原谷元八郎を吉原に呼んで、江戸じゅうから選りすぐった健脚五人を相手に走り合いをして大いに景気をつけませんかと、奇妙な企てを会所に申し込んできたんですよ」

ほう、と応じた幹次郎だが、村崎季光の思いついたと同じことが真になるとは、瓢箪から駒のような話じゃなと仙右衛門を見た。そして、その先の言葉が思い浮かばなかった。

「読売屋め、早朝に会所に姿を見せたんですよ。まあ、この読売屋、爺様の代からの知り合いでしてね、無理を聞かないわけにもいきません」

と冷えた茶を飲んだ四郎兵衛が話を続けた。

「日本橋界隈を縄張りにした『世相あれこれ』の主の浩次郎さんは三代目でしてね、私も子供時分から知っております、無下にもできません。それでつい話を聞くと、最前番方が言うた通りの話なんですよ」

「河原谷元八郎と申す御仁は読売屋と関わりがございましたか」

「いえ、この河原谷なる浪人が最初に走り合いした日本橋南詰の場に読売屋『世相あれこれ』の奉公人がいましてね、見た通りの話を読売に載せたところ大評判で、続報を載せろと催促が相次いだとか。以来、どこかでふたたび行き合って、新たなる読物に仕立てたいと考えていたんですとさ。そして、昨日、品川宿で河原谷元八郎を捉まえたというわけで。その折り、河原谷某に次の走り合いの場は、花の吉原仲之町にしませんかと申し込んだところ、どうやら快諾を得たということなんでございますよ」

「読売屋の旦那はえらい企てを考えましたな。たしかに吉原の仲之町でこの企てを催せば、吉原に千客万来間違いなしでございましょうな」

「神守様、いかにも客寄せにはいい企てです。じゃが、お上が仕切る吉原廓内でのこの催し、お許しが出るわけもございません」

四郎兵衛はあっさりこの企てができないと言い切った。

「浩次郎さんとしては、知恵を絞(しぼ)ったんでしょうがな、御免色里(ごめんいろざと)の仲之町ではいくらなんでも無理だ」

と繰り返した四郎兵衛がまた腕組みした。

「捨てるには惜しい企てというわけですか」

「いかにもさようです。梅見の二月、夜桜の三月の陽気で、客の出足はようございます。されど吉原とて安閑(あんかん)としてはおられませぬ。かような人寄せは捨て難い。なにかお上のお目こぼしを得る知恵はないものかと最前から考えているところです」

四郎兵衛が瞑想しようとして両目を閉じかけたが、その眼差(まなざ)しが閉じられぬままに幹次郎に言った。

「神守様、なんぞ工夫はございませんか」

「舞台を吉原に変えてこれまで通りの走り合いですか」

「いえ、『世相あれこれ』では江戸じゅうから探した五人と河原谷元八郎どのを一時に対決させようと考えておるようです」

「成算があっての申し込みでしょうか」

「三代目の浩次郎は目端が利くのでね、河原谷元八郎どのが受けるとみて申し込んだのですよ」

幹次郎は頭に浮かんだことをしばし整理した。

「仲之町は絶好の舞台にございますが、七代目が申されるように監督する江戸町奉行所がお許しにはなりますまい。またよしんばお許しがあったとしても狭い廓内に何千という見物人が押しかけては、騒ぎが起こるかもしれません。その折り、吉原会所が責めを負うことになりましょう」

「まず間違いないところ」

「されど仲之町が舞台として最上かというと、そうでもございますまい」

「ほう、どうしてですかな」

「吉原は男の世界にございます。格別なお許しがないかぎり女が大門を潜るのはご法度にございましょう」

「いかにもさよう」

「こたびの走り合いが江戸の話題を攫ったのはどうやら河原谷元八郎どのが凜々

しい若侍だという点にございましょう。河原谷どのを応援する半数は女衆ではございませんか。女衆が入れぬ仲之町では走り合いの価値が半減しましょうな」

「いかにもさようでした」

四郎兵衛が大きく首肯した。

「舞台を変えて五十間道で走り合いを催すのはどうでございましょう。五十間道なればお上もそう厳しくは仰いますまい」

「なるほど」

「走り合いの出発点は見返り柳、到達点は大門前です。これならば吉原と同じことです。曲がりくねっておりますが仲之町よりも広くそれだけ見物の男女を集められます」

「ほうほう」

「そして、廓内に桟敷を設けて薄墨様や高尾太夫を見物させるというのも手かもしれません。それを一夜だけの行事ではのうて、河原谷元八郎どのと江戸じゅうから選りすぐりの走り手を次々に交替させて五夜に分けて催すのです」

「ひと晩だけの行事ではのうて、五晩続きの対決ですか。すると五晩もふだん、吉原に足を向けない連中が大門前に集まりますか。走り合いを見終わった見物人のうち三人にひとりの男衆が大門を潜れば、しめたものだ」

四郎兵衛がにんまりして、しばしまた瞑想に落ちた。

三

幹次郎と仙右衛門のふたりは、山谷堀の船宿牡丹屋から政吉船頭の櫓で猪牙舟を出し、水が温む流れを下っていた。

仙右衛門とお芳が、仙右衛門の何代も前の先祖が出てきたという古里の今市外れの沓掛村を訪ね、先祖代々の墓参りをして本家に当たる縁戚の人々との交流をした。

さらには柴田相庵の出というその近くの村を訪ねて、こちらも長年放置されていた墓の清掃をして、なにがしかの供養料を納めてきた。そして、念願の墓参りを終えた仙右衛門とお芳は鬼怒川のほとりの湯治宿に七泊して、朝昼晩と湯治三昧に過ごして、江戸に戻ってきたのはひと月前のことだった。

吉原で兄と妹のように育った夫婦だが、むろん長旅は初めてのことだ。

千住宿で別れたときよりも日に焼けた夫婦は、幸せを絵に描いたような笑みで柴田相庵のもとに戻ってきた。

ふたりの帰参の知らせを受けた幹次郎と小頭の長吉が訪ねてみると、すでにお芳は診療所で働き始め、仙右衛門が吉原会所に出向こうとしていた。

「番方、恙ない旅であったようだな」

「神守様、小頭、先祖の墓参りなんて、忙しくて退屈なもんでございますね。ふたりして道中に出た二、三日目から江戸に戻りたくて戻りたくて」

と答えた仙右衛門だが、お芳とふたりだけの旅がいかに充実したものであったか、隠し切れない笑みが教えていた。

仙右衛門も浅草山谷町に戻ってきた翌日から吉原会所に出て、ふたたび吉原の治安と自治を守る務めを始めた。

「番方、日光に詣でてから死ね、とよく聞くがさ、家康様の墓所はそんなにいいところだったかえ」

櫓に手を軽く置いて流れに猪牙舟を任せる政吉船頭が尋ねた。

「ああ、なんとも清々しい日光山でさ、霊廟も荘厳なものよ。だがよ、旅をしてみるとつくづくと江戸のよさが分かるね」

「恋女房とふたりだけの道中、なんの気兼ねもいらない旅でさ、最後は湯治だろう。こんな絵に描いたような幸せ旅があるものか。大店の旦那がさ、隠居した折りに古女房を連れて湯治旅ということは聞くがさ、番方たちは物心ついたころから想い想われしてきたふたりっていうじゃないか、それが祝言を挙げたばかりの旅だ。こんな極楽旅はあるまいよ」

と話を向けたが、仙右衛門は、

「妹と旅して面白いか」

と満更でもない顔で政吉に反論した。

「ほう、妹のような間柄のお芳さんとの旅がつまらなかったのか」

政吉船頭も押し返して訊いた。

仙右衛門が会所の御用に復帰してから廓内を騒がす小さな事件が頻発したこともあって、仙右衛門の口から道中のことが話されたことはなかった。

なにより仙右衛門とお芳の表情が幸せなことを物語っていたから、だれもそれ以上のことは詮索しなかった。

また仙右衛門が進んで道中のことを喋らないのには、それなりの理由があった。吉原の宝は表向き、

「遊女三千人」

と言われる女郎衆だ。

綺麗な着物を何枚も重ね、紅を差して化粧をした顔の下にはそれぞれ吉原に売られてきた経緯があり、哀しみが隠されていた。そしてふたりが旅した下野国一円からも多くの女たちが吉原に売られてきているのだ。

そんな遊女のことを思えば、でれでれと恋女房との旅の徒然を喋り散らすわけにはいかないと、仙右衛門は考えていたのだ。

「神守様、おまえ様も汀女先生と年余にわたる旅暮らしだったな」

政吉船頭が幹次郎に話の矛先を向けたのは、のらりくらりと仙右衛門に躱されてのことだった。

「旅は楽しいことよりもつらいことが多いでな。むろん番方の道中は互いがこれまで知らなかったことを知り合う旅であったろうから、興味が尽きなかったに相違ない。それがしと姉様の旅は、討ち手を逃れての命がけの追われ旅であった。一夜として気が休まることはなかった」

「そうだったな、討ち手に追われる旅じゃあ、油断もできないな」

「それがこうして吉原に身を寄せてこれ以上の幸せはない」

「と、これまで神守様の口から何度もその言葉を聞かされましたがね、江戸を離れて吉原のよさをつくづく思い知らされました。わっしもお芳も鉄漿溝に囲まれた遊里が古里だってね、改めて悟らされた旅でしたよ」

「ふーん、そんなものかね」

「政吉父つぁん、お芳とふたり、極楽旅だったとでも言わせたいのだろうがさ、こればかりは、夫婦の胸の中に仕舞い込ませてくんな」

「幸せのお裾分けは遊女衆にはつらいかね」

「わっしらだけが脂下がるわけにもいくめえよ」

「その言葉で満足しようか」

政吉の追及が止まった。

流れに任せて猪牙舟は、いつの間にか新大橋を潜り、永代橋に迫っていた。

老練な船頭は大川の流れの隅々まで承知で、櫓を使っていないようでいつしか舟は霊岸島新堀に入り、日本橋川を江戸で一番繁華な日本橋へと舳先を向けていた。

さすがの政吉も船の往来の多い日本橋川では前後左右に目を配りながら櫓を使い、日本橋の南側に舟を着けた。

「父つぁん、半刻（一時間）ばかり待ってくんな」

仙右衛門が言い残し、幹次郎とふたり、石段を上がって高札場のある日本橋南詰に出た。

ふたりは期せずして、河原谷元八郎が初めて走り合いをしたという西河岸町の方角を見た。

日本橋川に平行する東西に細長い通りだ。北側は土蔵が連なり、町屋は南側にだけある片側町だ。その昔、榑木屋が多く軒を並べていたことから、榑木河岸と呼ばれていた。

榑とは山出しの板材で、昔から長さ十二尺（約三百六十四センチ）、幅六寸（約十八センチ）、厚さ四寸（約十二センチ）と決まっていた。ために今も臼屋をはじめ、榑木屋や砥石屋が多く見られた。

荷車が板材を運び、職人たちが砥石屋や刃物屋で品定めして、通りは込み合っていた。それにしてもようも一丁の走り場が空けられたものだ。さすがに江戸の人々は見世物に慣れて、即座に対応したものだと、ふたりは感心した。

「この場で売り出せばたちまち江戸じゅうにその噂は広まりますな」

「番方は、河原谷どのがなんぞ隠しておられると思うておるか」

「正直、分かりませんので。このご時世だ、江戸を知らない浪人が暮らしを立てていくのは難しゅうございましょう。しかし、旅に出るとき、いくら懐に持ち合わせていたか知りませんが、なけなしの一両を見たとき、かような珍商売を思いつく侍は滅多にいませんぜ。開闢以来の出来事かもしれません」

仙右衛門が首を捻り、

「まあ、呉服町北新道の読売屋を訪ねればいくらか事情が知れるかもしれませんがね」

と幹次郎に言う。

江戸の目抜き通りの通一丁目を一本西に行ったところに口を開けたのが呉服町北新道だ。この新道、呉服町の南北に分かれて南新道と北新道があった。

仙右衛門が幹次郎を案内したのは北新道のほうで、京間二十間の長さだった。この新道の途中からさらに路地が西河岸町の方向へ延びていたが、途中で行き止まりとなっていた。

『世相あれこれ』を三代にもわたって出し続けてきた読売屋は、呉服町北新道の路地奥にひっそりとあった。

「御免なさいよ」

番方が間口二間半（約四・五メートル）の読売屋の前に立つと、板の間で男たち三人が額を集めて鳩首会議の真っ最中だった。

「おや、吉原会所の番方と裏同心、お歴々が見えたよ。ということは七代目に通した話、乗ったかえ」

小筆を耳に挟んだ男がふたりを見た。

「代一さん、おまえさんは河原谷って侍の走りを見たんだってな」

「へえ、初戦の西河岸町に、品川宿の七戦目も拝見致しました」

「なにっ、日本橋を皮切りに河原谷様はすでに七戦を成し遂げられたか」

「へえ、昨日さ、話を初めて聞くことができましたがね、日本橋を初戦にして両国西広小路、東小路、下谷広小路、内藤新宿、増上寺参道、そして昨日の品川宿で七回戦って負けなしだ」

代一が立て板に水でぺらぺらと喋った。

「吉原のおふたりさん、狭いところだが、お上がりなさい」

声をかけた壮年の男が読売屋の主の浩次郎だった。

「番方、嫁をもらったんだってな」

番方に話柄を振った。

「旦那、わっしが嫁をもらったくらいじゃ、こちらの読売のネタにはなりませんぜ。そこいらに転がっている女が嫁だ」

「そんなこと言っていいのかねえ。お芳さんは吉原揚屋町裏に生まれ、末は仲之町張りで人気を呼ぶ松の位の太夫間違いなしと言われた娘さんだ。それが今じゃあ、柴田相庵先生の右腕というのだから、人の行く末は分からないや」

と言い出したのは三人目の男で、一番歳を食っていた。

五十をふたつ三つ過ぎたしわくちゃの顔は、『世相あれこれ』の古手のネタ拾いの忠次であった。

「おっ魂消たな、鼠の忠さんは、わっし風情の女房の出まで知っていなさるのかえ」

「それが読売屋だ。なんなら、神守幹次郎様と汀女先生の一代記を話そうか」

と忠さんと呼ばれた忠次が言い出し、

「おっ、そいつは面白い続き物になりそうだ。どうだ、忠次の父つぁん、吉原会所裏同心一代記をものにしちゃあ」

主の浩次郎が本気だか冗談だか分からない口調でネタ拾いの爺様を嗾けた。

「やめてくんな。わっしゃ神守様のことはさておき、本日の用件は河原谷元八郎様のことだ」

「吉原会所では乗ってくれたんだろうな」

浩次郎が期待の顔で仙右衛門を見た。

「この三人の中で河原谷元八郎って侍を承知なのはだれとだれだえ。三人とも承知の上の掛け合いかねえ」

仙右衛門は慎重だった。

「あの侍を承知なのはわっしだけだ」

ネタ拾いの代一が応じて、

「話は丁寧なんだが、なかなか正体は見せないのさ。昨日も品川の浜で走り終えたあと、なんとか食い下がってさ、貴船明神の境内裏手で追いついたってわけだ」

「吉原での走り合いはどっちが言い出したことだね」

「もちろんわっしさ。河原谷様をな、こう口説いたんだ。お侍、ちょいとわっしの話を聞いてくれませんかってね……」

「わっしはおまえ様が日本橋の高札場前で走ったところを見てね。こりゃ大した侍だ、こんなことは一度で終わるわけじゃない、必ずどこかで繰り返されると考えてさ、この品川宿に網を張っていたのさ」

「何者だ」

「わっしかえ、『世相あれこれ』って読売屋だ」

「そのほうか、最初に読売に取り上げたのは」

「迷惑でしたかえ」

「いや、お陰でどこの盛り場で立っていても直ぐに相手が見つかるようになった」

「日本橋の高札場前でもたちまち飛脚屋が名乗りを上げましたぜ」

「そうではない。朝からあの場に立って迷っておったのだ。声を張り上げて呼びかけるのもいささか恥ずかしい。ようやく榑木屋で木っ端板をもらってきて、看板のごときものを掲げて、やっとあの者が名乗りを上げてくれたのだ」

「そうでしたかえ」

「なんの用事だ」

「お侍、ちょいと話を聞かせてくれませんか」

「また読売にするつもりか」

「いえね、お侍が走りっこをするのはなにか狙いがあってのことだって言う人が多いんですよ。で、もしさ、大望が隠されているのならば、お手伝いができないかってね、考えたんですよ」

「大望とはなんだ」

「へえ、だから、仇討とか仕官とか」

河原谷が笑い出した。

「おかしいですかえ」

「江戸人士はあれこれと詮索してくれるな」

「というと稼ぎのために走っていると仰るので」

「いかにもさようじゃ、他になにがある。お陰でなんとか暮らしの目処が立った」

「河原谷様、江戸っ子はね、たしかに物見高い。ですが、忘れるのも早い連中ですぜ。いつまでも続くこっちゃない」

「わが暮らしを読売屋が案じてくれるか」

問い返された代一の脳裏にふと考えが過った。

「相変わらず賭け金はおまえ様が一両で、相手が二分出しのようだね」

「そのほうが相手は直ぐに見つかるでな」

「どうです、ここらで大金を賭けた走り合いをしてさ、その大金を持って新たな暮らしを立て直されちゃあ」

「江戸者はお節介じゃな」

「迷惑ですか」

「どうしろというのだ」

「この広い江戸でなにかをしようと思ったら、まず真っ先に思い浮かべる場所はどこだと思いますね」

「日本橋であろうな。ゆえにあの場を初戦の舞台に選んだ」

「河原谷様、考え違いです。世間の耳目を集めるのはなんたって、花の吉原仲之町です。弥生三月の夜桜の季節の賑やかなことったらありません。遊女三千人の見物する通りの走り合いを制してこそ、天下一の走り手ですぜ」

河原谷元八郎はしばし涼しげな眼差しを品川の海の方角に向けて沈思していたが、

「できるか」

「うちは大きな読売屋じゃございません。けれど二代前の主以来、吉原会所とはそれなりの付き合いがございましてな、河原谷様さえよければお膳立てをしてみますぜ」

また沈黙して考えに落ちていた河原谷が、

「できるかできぬか、お膳立てしてみよ」

「吉原会所がうんと言ったらおまえ様にはどう連絡をつけるのですね。いやさ、お住まいはどちらですね」

「そのほうの読売の隅に、『吉原の約なった』とでも告知せよ。その後、それがしのほうからそなたの読売屋を訪ねる」

と告げた河原谷が貴船明神の境内から目黒川へと姿を消していった。

「……そんなわけでうちの旦那と相談し、旦那が吉原会所を訪ねて七代目に打診したってわけだ」

代一が河原谷元八郎との会見の様子を語った。

「石州浪人と最初の日本橋では板切れに書いてあったそうだが、石州というても浜田藩、津和野藩とあるが、どちらに関わりがあった御仁にござろうか」

幹次郎が代一に尋ねた。

「すまねえ、こっちの思いつきばかりを先に喋っちまったんでさ、相手のことはなにも聞き出していませんので。ただね、走り合いは生計のため、仇討など隠された事実はないと一笑に付されましたぜ」

「石州浪人に拘るようじゃが、河原谷元八郎どのの言葉遣いに訛りがあったか」

「江戸に慣れておいでのことはたしかだ、在所訛りはございませんよ。石見訛りがどんなのか知りませんがね。それより吉原はこの話に乗るのですかえ、それともだめなんですかえ」

代一がふたりに性急に質した。

「吉原とて夜桜の季節にもうひとつ催しものがあるならば助かる。ですが、吉原は官許の色里ですよ。仲之町に大勢を集めるのは難しい。ともかく女衆が簡単に大門を潜れるところじゃありませんからね」

と仙右衛門が応じた。

「だめか」

「代一さん、そう容易く諦めないでくださいな。仲之町の代わりにさ、見返り柳から衣紋坂、五十間道と走り下って大門前を走り合いの到達点にするなれば、なんとかなろうと七代目が言われるんですよ」

「おっと、その手があったか」

「それもね、選りすぐりの五人の相手と一夜ずつ戦う形でね。河原谷様が五夜勝ち抜かれるなれば、五十両の大金が得られる。むろん河原谷様に勝った相手にもそれなりの金子をと七代目が考えておられますので」

「番方、こいつは評判を呼ぶよ。いいかえ、慌てることなく仕度をしてさ、派手な催しに仕立て上げるよ」

読売屋『世相あれこれ』の三代目主の浩次郎がほくそ笑んだ。

四

読売屋の路地奥から呉服町北新道に出た仙右衛門が幹次郎の顔を見て、

「当たって砕けろって考えもございます、足を延ばしてみますか」

「番方、どこに参られるか見当もつかぬが、どちらへでもお供致そう」

「ならば猪牙に戻りましょうか」

ふたりは日本橋南詰に泊めた牡丹屋の猪牙舟に戻った。

「父つぁん、愛宕下通りの北、新シ橋に向けてくれないか」

「ふん、新シ橋になにがあるね」

「石見津和野藩亀井様の上屋敷だ」

と仙右衛門が応じた。そして、

「わっしは、用人様の名を辛うじて承知している程度でございましてね、お名前を出して会っていただけるかどうか分かりません。亀井家に河原谷元八郎様と所縁があるのかないのか、確かめておこうと思いましてね」

と幹次郎に思いつきを説明した。

「新シ橋だな」

政吉船頭が一石橋へと猪牙舟を向け、呉服橋、鍛冶橋、数寄屋橋、山下御門と溜池から流れてくる御堀を進んだ。丁字にぶつかる御堀を西に向かえば、次の橋が新シ橋だ。

「読売屋でね、神守様が河原谷元八郎様の出自を気にかけておられるようなので、問い合わせてみようと思いついたんですよ。幸いなことに石見浜田藩の松平様のお屋敷も西久保通りにございますでな、亀井様のお屋敷からそう遠くもございませんや。無駄足を承知でご両家に問い合わせてみましょうか」

仙右衛門が言った。

「それがしが同道してよかろうか」

幹次郎は吉原会所の陰の身分と着流し姿を気にした。

「そうですね、ここはわっし独りのほうがいいかもしれませんね」

仙右衛門が答えて、吉原の名入りの長半纏を裏返しにして着た。いくらなんでも吉原会所の看板を背負って、大名屋敷を訪ねるわけにはいかない。そこで無印の半纏へと裏返したのだ。

猪牙舟が新シ橋に着けられ、番方がひょいと身軽に船着場に跳んで石段を上がっていった。

「番方もお芳さんと祝言を挙げて、一段と貫禄がつきなさったぜ」

政吉がその背を見送って、煙草入れから煙管を出した。

「幼馴染のお芳さんと一緒になり、先祖の墓参りまで済まされた。落ち着かれるのは当然でござろうな」

「二、三日前、柴田相庵先生とお芳さんを舟に乗せたんでございますよ」

と政吉が言い出した。

「ほう、そのようなことがあったか」

「川向こうの須崎村の御寮に病の振袖新造を診察に行ったんですよ」

「三浦屋(みうらや)の振新(ふりしん)の花邨(はなむら)かな」

「いかにもさようで」

花邨は年末から微熱が続き、年明けから三浦屋の御寮に身を移されて静養していたのだ。

「花邨の加減はどうであった」

「相庵先生の話だと平熱に下がり、食も進むようになったゆえ、あと三、四日もすれば吉原に戻れるそうですぜ」

「それはよかった」

「というのは吉原の考えでね、花邨は御寮に生涯いられれば飯炊きでもなんでもやると言っているそうですがね」

「そうか、花邨は遊女の暮らしに向いてないか」

「気立ても器量も悪くない。だけど、客商売には向いていないというか、だめみたいだな」

「吉原の大門を潜ったからには慣れるしか手はないのだがな」

「なんぞ胸に秘めた思いがあるのかもしれないと、相庵先生がさ、漏らしておいでだったよ」

幹次郎は政吉の言葉を胸に刻み込んだ。なにか起こることを未然に防ぐのが吉原会所の裏同心の務めだからだ。

「神守様」

河岸道から声がかかった。なんと仙右衛門が立っていた。ということは面会すら断わられたか。

「西久保通りにご一緒しませんか」

との番方の言葉に幹次郎は政吉に、

「退屈であろうが待っていてくれ」

「へえ、待つのも船頭の仕事ですよ」

と送り出してくれた。

ふたりは肩を並べて、新シ橋を渡った。

「面会は叶わなかったようだな」

「いえ、ご門前で用が足りましたので。偶然にも目付の井桁様とお顔を合わせ、先方から声をかけてくださいました。用人様に会う用はなくなったのでございますよ」

「して、首尾は」

「走り屋河原谷元八郎の騒ぎを井桁様もご存じで、世間に石州浪人と喧伝されるので気にしていたそうです。ですが、河原谷なる家臣が過去にいたことはないそうです。陪臣にも覚えがないと申されました」

石見津和野藩は、四万三千石の中藩だ。直臣はせいぜい三百人程度だろう。目付ならば家中のことはおよそ把握しているとみたほうがいい。

新シ橋を真っ直ぐに愛宕下通りと桜川に出て、愛宕権現北側に走る鎧小路へと曲がり、西久保通りにぶつかった。武家地が切れて、西側に新下谷町、車坂町、東側に西久保巴町の町屋があって、天徳寺の門前と向き合うように石見浜田藩松平家上屋敷があった。

「それがし、天徳寺を見物していようか」

と幹次郎が遠慮した。すると仙右衛門が、

「最前の津和野藩で井桁様に、本日は裏同心どのを連れておらぬのか。津島傳兵衛道場の客分格としてつとに武名が江都に知れた方、お会いしたかったと申されましてな。なにもこちらが気にかけることもなかったのでございますよ。それほど神守幹次郎様の名は高いらしゅうございます。ならば浜田藩にお連れするのがよいかと、考え直したのでございますよ」

「それがし、津島傳兵衛先生の道場に通ってはおるが、客分などという大した扱いは受けてはおらぬ。そのような噂が飛んでは津島先生のお名に傷がつかぬかのう」

と幹次郎はそのことを案じた。

「意外と知らぬは自分ばかりなりってことではございませんか。今や神守幹次郎様の名は江戸の剣術家も無視できなくなっているのでございますよ」

「そのようなことがあろうはずもない」

という幹次郎の呟きを笑いで受け流した仙右衛門が浜田藩上屋敷の門番に、

「ご門番様、わっしども吉原会所の者にございますが、お留守居役新堂十右衛門様にお目通り願えませぬか」

「吉原会所、新堂様に約定あってのことか」

「いえ、そうではございませんので」

「無理じゃな」

とふたりを一瞥した門番に他用から戻ってきた風の家臣が顧みて、

「吉原会所じゃと」

と足を止めた。

「それがし、新堂様付きの村澤唐次郎じゃが、火急の用か」

大名家や旗本と吉原の付き合いはそれなりにあった。

留守居役の寄合を吉原で催すこともあれば、家中の者が昼遊びで騒ぎを起こしたり、巻き込まれたりする場合もあった。そのような折り、吉原会所は当該の屋敷に知らせて、内々に事を収めたりした。ために吉原会所と大名家の留守居役や目付とはつながりがあった。

「火急ではございません。村澤様、そなた様のお耳を拝借願えませぬか」

仙右衛門は相手が話の分かる人物と判断したか、村澤に願った。

「門番、小屋を借りるぞ」

と村澤が長屋門脇の門番小屋にふたりを案内した。

土間に火鉢があって切株が火鉢を囲むように円形に並んでいた。腰から大刀を抜いた村澤がそのひとつに腰を下ろし、ふたりにも勧めた。仙右衛門が村澤と対面する切株に座り、幹次郎はその横に掛けた。

「村澤様、こちらは神守幹次郎と申されて」

「吉原会所の裏同心どのじゃな」

村澤が仙右衛門の言葉を奪って言った。

「ご存じでしたか」

「武名はつとに知られておるでな。出は西国のさる藩じゃと聞いた」

村澤が幹次郎を見た。

「世間の噂など当てになりませぬ」

「では、豊後の出ではないと申されるか」

「いえ、それは」

「なにが違うと申されるか」

「それがし、陰の身でございますれば、お歴々の方々の口に上るような者ではございませぬ」

「そう聞いておこうか」

と村澤が応じて仙右衛門を見た。

「河原谷元八郎なる名を聞かれたことはございませぬか」

「何者か」

「走り屋にございます」

前置きした仙右衛門が河原谷について説明した。

「なんとも奇妙なことを稼ぎにしおったな。その人物が石州浪人と名乗っておるのか」

「はい。そこでこちらに伺う前に津和野藩にもお問い合わせに参りましたが、そのような御仁には心当たりないとのことにございました」

「河原谷な。当家にもその姓の者はおらぬ。その者、虚名を口にしておるのではないか」

と応じた村澤が、

「吉原会所がなにゆえさような者の身許を探るのか」

と問い返した。

「村澤様のお手間を取らせましたゆえ申し上げます。ただし未だ本決まりの話ではございませんので、村澤様の胸にしばらく留めておいてくれませぬか」

「承知した」

仙右衛門が手際よく吉原で企てられている河原谷元八郎対五人の五夜対決を説明した。

「天下の吉原ともあろうところがさような大道芸めいた催しをせぬと客が来ぬか」

「天下御免の色里はうちだけにございますが、四宿をはじめ競争相手があれこれと催しを企てます。ためにうちでもかようなことを」

ふーん、と村澤が鼻で返事をし、さらに言った。

「河原谷姓は家中におらぬ」

「無駄足にございましたな」

浜田藩上屋敷を出たところで仙右衛門が幹次郎に言った。

「まあ、河原谷どのが石州浪人であるかどうかは、こたびの企てにはあまり関係がないといえばない」

「ですが両家に知らぬと言われると気になりますな」

仙右衛門も応じた。

ふたりは無言で新シ橋に着けている政吉の猪牙舟に戻った。

「山谷堀に戻るかえ」

と政吉が番方に訊いた。

「番方、それがし、途中で舟を降りてもよいか」

「なんぞ思いつかれましたか」

「いえ、正月以来、身代わりの左吉どのに会うておらぬ。風の噂に左吉どのはこのところ商い繁盛で、小伝馬町の牢屋敷に長逗留なされておられたと聞いた。なんぞ聞き込んだ話がないかと思うたまでだ」

「ならば父つぁん、神田川の浅草御門に猪牙舟を着けてくんな」

仙右衛門が政吉に命じた。


馬喰町の煮売り酒場を幹次郎が訪ねたのは昼下がり九つ半（午後一時）の刻限だった。すると身代わりの左吉がいつもの席で酒を呑んでいた。

「おや、神守様、着流しに塗笠姿でお忍びですかえ」

「吉原の陰働きがお忍びもなかろう」

幹次郎は塗笠の紐を解き、腰から落とし差しの和泉守藤原兼定を外すと左吉と向かい合って腰を下ろした。

「まあ、一杯」

左吉が自らの杯を呑み干し、滴を切って幹次郎に差し出した。

「頂戴致す」

酒を注いでもらった幹次郎が口に杯を持っていこうとしたとき、

「馬鹿野郎、てめえは何匹魚をおしゃかにしたらさばきを覚えるんだ。少しは性根入れてお魚様と向き合え。いいか、竹松、魚だってなにも好き好んで、俎板に載っかっているわけじゃねえんだ。縁あって漁師に釣り上げられ、市場で仲買人に競り落とされて、うちにやってきたんだ。綺麗にさばいて、お客が美味い美味いと言って食ってくれなきゃあ、成仏できないのだぞ、馬鹿たれが！」

　という虎次の大声が昼下がりの店に響き渡った。

　小僧の竹松が料理人見習いに出世し、ただ今修業の真っ最中だった。

「まさか萩野に会いたいと仕事に身が入らぬのではなかろうな」

　竹松はこの正月、吉原の大楼三浦屋の振袖新造、萩野の心遣いで男になっていた。

　御免色里の大見世の三浦屋に小僧風情が上がり、その夜のうちに遊女とねんごろになるなど、滅多にある話ではない。だが、萩野をはじめ、多くの者の力添えであり得ぬことが起こったのだ。

　永年の夢を叶えた竹松が次に目指すのは料理人修業だった。

「あれで虎次親方は厳しいからね。竹松も分かってはいるんだが、哀しいことに手が動かない。まあ、親方に包丁の峰で殴られ殴られ、手先に魚をさばくこつを覚えさせるしかございますまいよ」

左吉が幹次郎に言った。

「おや、いらっしゃい」

と怒鳴っていた虎次が顔を出し、幹次郎に挨拶した。

「苦労しているようだな」

虎次が珍しく空樽(あきだる)に腰を下ろし、

「いえね、ここでの話は内緒にしてくださいまし、神守様」

と小声で言った。幹次郎が頷くと、

「あいつね、意外と勘がいいんですね、それにさばきも初めてにしては悪くない。それだけに最初に自惚(うぬぼ)れさせてしまっちゃ、ろくでもない料理人が出来上がる。そこでね、この五、六年、魚のさばきから煮物、焼き物と、とことんいじめてさ、教え込もうと肚(はら)を決めたところでさ」

「それはよかった」

「わっしの夢だがね、あいつがうちでしばらく音(ね)を上げずに頑張ったらさ、どこか大所(おおどころ)の料理茶屋の親方のもとに修業に出すのも悪くないかな、と考えたりしているところですよ」

「ほう、竹松に新たな目標ができそうだ」

「だが、本人はまだなにも知っちゃいませんや。だからしばらく黙って見ていてくれませんか」

幹次郎は頷くと手にしていた杯の酒を呑んだ。

「神守様、本日お出でになった用件を当ててみましょうか」

身代わりの左吉が矛先を幹次郎に振った。

「ほう、左吉どのはそれがしの胸中も読めるか」

「走り屋河原谷元八郎」

「さすがは身代わりの左吉どのだ」

「呉服町北新道の路地奥の読売屋があの若侍を売り出そうなんて話を、吉原に持ちかけたなんて噂が、小耳に入りましたのでね」

「そう絵解きされるとなにも言えぬな」

「なにがお知りになりたいので」

「あの人物、走り屋で生計を立てることが終局の目的かどうか。また石州浪人河原谷元八郎が真の姓名かどうか」

「わっしが知る名が本名かどうか知りません。小伝馬町にいた時分は、角間鶴千代と呼ばれてましたよ」

左吉があっさりと河原谷の正体の一部を開陳した。

「なんと、あの者、牢屋敷に入っておったか」

「へえ、わずか十三、四日でしたがね、揚がり屋におりましたぜ」

「なにをなしたのだ」

「わっしとは違いますがね、牢屋敷に入る要があって入ってきた。直ぐに解き放ちになりましたから、大したことをやったわけじゃない。わっしはだれかを捜しに来たって考えてますがね」

「左吉どの、どうして河原谷元八郎が角間鶴千代と同一人物と分かったのだ」

「容易いことですよ。日本橋の騒ぎを見たんですよ」

「なんとな」

「だが、神守様、それ以上のことは知りませんので。会所があの若侍のことが気になるというのなれば調べますぜ」

左吉の言葉に幹次郎は忙しそうな左吉ではなく別の者を使ってみようかと思った。

第二章　醤油を呑む女郎

一

　幹次郎が大門前に帰りついたとき、吉原では昼見世が四半刻（三十分）前に終わり、夜見世までの短い間、どことなく弛緩した時間が廓内に漂っていた。

　とはいえ、遊女衆に暇などなかった。このところ顔を見せない馴染客に文を書いたり、昼見世に出ないことを許された遊女衆は化粧をしたりと、夜見世に備えて仕度に余念がなかった。

　元吉原では寛永十七年（一六四〇）以降、昼見世だけに限られていたが、明暦の大火（一六五七）のあと、浅草田圃に引っ越してきて以来、昼夜二回の商いが許された。

御城近くの元吉原から浅草田圃という江戸外れに移されることに不満を抱く妓楼の主を町奉行所が懐柔するための飴玉のひとつだった。

新吉原では昼夜の商いに移行したが、吉原の華は夜見世だ。薄暮の頃合い、灯りが入ると清掻の調べが気怠くも流れて、吉原情緒を引き立てた。ために上客は夜見世と相場が決まっていた。

とはいえ、昼見世に客がいなかったわけではない。その多くは初めて江戸にやってきた勤番侍、

「浅葱裏」

と呼ばれる野暮不粋の田舎侍か、江戸見物に来た在所者で楼に上がる銭もなく、素見で五丁町をそぞろ歩く手合いだった。

そんなわけで大籬（大見世）の昼見世では、上級遊女が張見世に出ることは滅多になかった。

「どこぞからお戻りかな」

面番所から隠密廻り同心の村崎季光が無精髭のぱらぱら生えた顎を撫でながら、幹次郎の前に立ち塞がった。

「馬喰町まで知り合いの顔を見に行っておりました」

「なに、多忙の身で知り合いに会いに行ったじゃと。おぬしの言葉は信用ならぬでな。よいな、面番所と吉原会所は相携えて、官許の遊里の平穏を保つのが務めということを忘れんでくれよ」

「村崎どの、お言葉を返すようですが、それがし、平常から村崎どのの言葉を胸に、使命に励んでおりますぞ」

ふーむ、と村崎が鼻で返事をした。

「なにかご不満にございますか」

「そのような言葉を弄するときが一番危ない。なんぞ隠しておらぬか」

村崎がじろじろと幹次郎の顔を舐めるように見た。

「うっかりと忘れるところでござった。村崎どのにお願いの筋がござった」

「御用であろうな。裏同心どのの前座ごとき、銭にもならぬ仕事は御免こうむりたいものだ」

「御用です。ゆえに銭になるとは思えません」

「断わろう」

あっさりと村崎が応じて面番所に引き上げようとした。

「よろしいのですか。一見、大した御用でもないところから大きな手柄が生まれることもございましょうに。あとになって面番所に無断でさようなことをしてなどと文句を言わないでくだされよ」

「なんだ、その勿体ぶった言い方は。用事ならさっさと言えばよかろうが」

「最近のことです。小伝馬町の揚がり屋に角間鶴千代なる人物が入っておったそうな。村崎どの、この人物のことを村崎どののお力でお調べ願えませぬか」

「小伝馬町の揚がり屋だと、つまらん」

と吐き捨てた。

大名家、旗本など身分がしっかりとした武家は罪を犯しても町奉行所直轄の牢屋敷には収容できない決まりだ。各屋敷がその者を軟禁し、武家の作法に従い、裁いたからだ。

だが、下級武士、浪人などはこの限りに非ず、牢屋敷の揚がり屋と称される牢舎に入れられた。

村崎季光がつまらんと吐き捨てたのは、揚がり屋の浪人風情では銭にならぬと考えたからだ。

「今朝方、村崎どのは走り屋を吉原に呼んで、走り合いをさせれば評判を呼ぼうと申されましたな」

「言うたが、それがどうした」

「さすがに慧眼の士、村崎どのだ、大門脇で伊達に吉原の空気を長年吸ってこられたわけではございませんな」

「なんだ、本日のおぬしは気味が悪いな。最前から褒め言葉を羅列しておらぬか。それとも小ばかにしておるのか」

「小ばかになどと滅相もござらぬ。村崎季光どのをどのように評したとしても褒め尽くされるものではござらぬ。それがしの言葉は心底思うたことですぞ」

「ふーむ」

「なんと吉原会所にもさる筋から廓内に河原谷元八郎を呼んで、選りすぐりの走り手と競走させぬかという話が舞い込んでおったのです」

「なに、それがしの思いつきを盗んだ者がおったか」

「そういうことにございます。ゆえに村崎季光どのは慧眼の士と申し上げたのです」

　待てよ、と村崎が思案した。

「その企てをした者、どこで走り合いをしたいと申すのだ」

「水道尻からこの大門前の仲之町にございます」

「そりゃ、お奉行もうんとは言うまいな。幕府が許した遊里で本来の狙いとは異なる金儲けとか商いに結びつく人集めはまず許されまい」

「全くその通りにございましょう」

「その話、立ち消えたか」

「いえ、村崎どの、大門外なればどうですか。たとえば見返り柳からこの大門前が走り合いの到達点なれば」

「それなればお目こぼしになろうな」

村崎同心の返答にうんうんと幹次郎が頷いた。一方、村崎は首を捻った。

「どうなされました」

「分からぬ。吉原を舞台の走り屋浪人と小伝馬町の一件はどう結びつく」

「さる筋の話ですが、角間鶴千代と申す揚がり屋にいた人物がどうも河原谷元八郎と同一人物ではないかと疑う者がおるのです。ゆえに村崎どののお力でお調べくだされればと願うております」

幹次郎は声を潜(ひそ)めて村崎の耳に吹き込んだ。

「なんと河原谷某は牢屋敷から出てきて走り屋稼業を始めたか」

しばし顎の無精髭を撫でながら考えていた村崎季光が、

「よし、裏同心どのの頼み、引き受けようではないか、うまく話が進んだ折りは七代目にほれ、それなりのものを願うてくれよ。二、三日、時を貸せ」

「なるべく早めにお調べを願えますか」

「人使いが荒いのう、おぬし」

「ひょっとすると大きな騒動を未然に防ぐ糸口になるやもしれませぬ。そうなれば村崎どのがまた新たなる手柄を立てられることになる」

「相分かった」

村崎が面番所に姿を消すのを待って、幹次郎は大門を挟んで反対側の吉原会所の敷居を跨いだ。すると小頭の長吉がにやにやと笑いながら、

「神守様は日に日に老獪になられる。村崎同心をくすぐって働かせるこつを覚えられましたな」

と言ったものだ。

「小頭、隠密廻り同心どのをくすぐるなど、そのような手は知りませんぞ」

長吉に応じた幹次郎は尋ねた。

「七代目は奥座敷でござろうか」

「へえ、そのようです。わっしも外廻りから戻ってきたばかりですがね」

と答えた。

「ならば奥に通らせてもらおう」

落とし差しの和泉守藤原兼定を腰から抜いて手に提げた幹次郎が、会所の七代目頭取が控える奥座敷に通った。

坪庭に面した座敷に春の光が落ちていた。

「ご苦労にございましたな、馬喰町に立ち寄られたとか。番方から伝言がございました」

「おや、番方はこちらに戻っておられませんので」

「牡丹屋から戻ったあと、その足で別の用向きを願いましたのでな」

「それがしも一緒に戻ってくればよかったのではございませんか」

「いえ、神守様のお力を借りることではございますまい」

と言った四郎兵衛が、

「村崎同心をくすぐっておられたそうな、小頭が知らせてきましたよ」

「いえ、お頼みごとをしただけです」

と前置きした幹次郎は身代わりの左吉からもたらされた話を七代目に告げた。

「なんと例の走り屋どのは牢屋敷の揚がり屋におりましたか」

「左吉どのが言うには、日本橋の走り合いも見たゆえ、まず同じ人物に間違いはないというのですがな」

「牢屋敷に慣れた身代わりの左吉さんの観察です、見間違うとは思えぬ。となると、読売屋の浩次郎さんが持ち込んだ話、ちょいと考えものですかな」

「そこで揚がり屋にいた角間鶴千代なる浪人がどのような経緯で揚がり屋に入ることになったか、七代目の断わりもなしに面番所の村崎どのにお調べをお願いしたところでございます」

「それで話が通りました。たしかに村崎同心の扱いが実に巧妙になられた」

「差し障りがございましょうか」

「なんの差し障りがあるものですか。うちがわざと腑抜けにした経緯はございますがな、ときには汗を流してもらわぬと、こちらも上げ膳据え膳、節季節季にはそれなりの金子を贈る意味がございませんでな」

四郎兵衛が苦笑いした。

官許の吉原は町奉行所によって監督差配される。江戸町奉行所の隠密廻り同心が大門左手に設けられた面番所に詰め、廓内二万七百余坪で起こる事件や事故の裁断をすべて取り仕切る。だが、それは表向き、吉原側としても公儀にいちいち出馬を願っては諸々差し障りが生じる。そこで隠密廻り同心の八丁堀の屋敷から吉原までの送り迎えに船を出し、朝餉、昼餉、夕餉と二の膳付きの食事を出し、紋日五節季にはそれなりの金子を贈った。

そうして骨抜きにした面番所隠密廻り同心に代わり、廓内の揉めごと諸々には吉原会所が携わり、自治と治安を守る実際の権利を握っているのだ。

四郎兵衛が漏らした言葉の背景にそのような吉原の策謀が隠されていた。だが、お飾りの面番所とはいえ、上下関係に変わりはない。

「四郎兵衛様、番方とお話しになっておられないのであれば、それがしの口から読売屋を訪ねた一件、さらには番方の思いつきで石見の津和野、浜田両藩を訪れた経緯を報告申し上げます」

幹次郎は四郎兵衛に告げた。

「読売屋の浩次郎さんの話に食いついたのは浅慮でしたかな。石見の津和野、浜田両藩とともに河原谷元八郎に関わりの者はいなかったのですからな」

「されど河原谷元八郎の本名が角間鶴千代であったとしたら、また違った展開になるやもしれませぬ」

「いかにもさようです。これは村崎同心の調べを待ったほうがよさそうです」

四郎兵衛が言い、煙草盆を引き寄せた。

「番方は、三浦屋の御寮に行かせました」

と話柄を転じた。

「須崎村の御寮ですね、もしや花郁の一件ではございませんか」

「ほう、ご存じでしたか」

「いえ、政吉船頭に過日柴田相庵先生とお芳さんが三浦屋の御寮に診察に行ったという話を聞きまして、その折りに花郁の名が出たのです」

「快方に向かいかけていた振袖新造の容態が本日急変したというので、三浦屋の番頭が相庵先生とお芳さんを伴い、川を渡ったと聞きましたでな。うちでも念のために牡丹屋に使いを走らせ、番方に御寮に向かうように願ったのですよ」

「なんぞ花郁の身に起こりましたか」

「なんとも言えませんが、急変の曰くがな、はっきりとしませんので」

「政吉船頭が言うには、吉原には帰りたくないようなことを花郁がちらりと漏らしていたとか」

「もうそんな噂がこの界隈に流れてますか」

四郎兵衛が案じ顔をしたとき、

「おや、汀女先生ではございませんか」

若い衆の金次（きんじ）の声が会所の表から奥座敷に聞こえてきた。

「汀女先生のご入来（にゅうらい）ですか。この一件に関わりがございますかな」

四郎兵衛が呟くところに薄紅地の亀甲（きっこう）模様の小紋（こもん）を着た汀女が姿を見せた。

「七代目、ご機嫌いかがにございますか」

四郎兵衛に挨拶した汀女がこんどは年下の亭主に視線を向け、

「朝稽古はどうでございましたな、幹どの」

と声をかけた。

「津島道場に変わりはない。じゃが、姉様のほうはなんぞあったようだな。須崎村の一件か」

汀女が頷き返した。

「なかなか素早い動きじゃな」

「料理茶屋に薄墨太夫から使いをもらいまして、三浦屋さんに伺ったところです。花邨さんの身を案じておられてのことでした」

「薄墨太夫は花邨のことをなにか承知しておりましたか」

四郎兵衛が汀女に訊いた。

「七代目、さすがに大楼三浦屋さんにございますね。今を盛りの高尾太夫に薄墨太夫と二枚看板を頂点に振袖新造の多彩大勢なこと、花邨さんという遊女がおられたなんて、私は存じませんでした」

「それがしも顔が浮かばぬ。船頭の政吉どのによれば、気立てもよし器量もよしじゃが、客あしらいがあまり上手ではないとのこと」

幹次郎の言葉に汀女が頷いた。

「色白の美女の産地として誉れ高い秋田から買われてきたお方じゃそうな。薄墨様の話ですが、その色白で肌理細かなこと、三浦屋でも屈指だそうでございます」

「総体に雪国の女子は色白でございますからな。ただし、ひとつだけ厄介がある」

四郎兵衛が言い、汀女が頷いた。

「ほう、なんでございましょう」

「言葉に訛りがございましてな、そのためにありんす言葉を教え込んでもなかなか慣れませぬ。ために口が重く、江戸の遊び慣れた客は、北国の女は根が暗いといって好みませんでな。ただし、これは花邨だけの話というわけではございません、多分にそのような癖があると申し上げたので。正直、私も花邨なんて振袖新造が三浦屋にいたなんて知りませんでした」

四郎兵衛が幹次郎の問いに答えた。

「七代目、幹どの、薄墨様の話では花邨さん、決して根が暗いお女郎さんではなかったようです。三浦屋に入った当初こそ訛りに苦労されたようですが、この二、三年は吉原の仕来たりに慣れ、訛りもだいぶ薄れて、馴染の客がつくようになっていたそうな」

「汀女先生、そんなときに病に見舞われたというわけですか」

「その病ですが、微熱が続き、肌も荒れて化粧のりが悪くなり、痩せてきたそうな。そこで四郎左衛門様と女将さんの判断で須崎村の御寮に静養にやった、それが昨冬のことでございますそうな」

「柴田相庵先生の治療が効いて快方に向かったと聞いたが」

「ところがここに来て急変したそうですね、薄墨様に聞かされました」

と幹次郎の言葉に汀女が応じた。

「七代目、幹どの、薄墨様が会所に連絡を取らずに私を呼んだのには曰くがございます。病は花邨さん自らが生じさせたものではないか、と薄墨様は疑っておいでなのです」

「それはまたどうして」

「薄墨様のような太夫になると三度三度の食事は部屋で摂(と)られます。あるとき、膳の前を離れた折り、醤油差しがなくなったことがあった。その折りは、勝手が膳の醤油差しを忘れたかと思ったそうですが、そのようなことが二度三度と重なった。あれこれ考えると、醤油差しがなくなった前後に花邨さんの姿を薄墨様の座敷の前で見たとか、一度など座敷から出てきたと思えることがあったそうな。その折りは、座敷を間違える粗相(そそう)をしましたと詫びたそうです」

「姉様、分からぬな。金品を盗んだというなら話の通りもよいが、醤油差しを盗んでどう致すのだ」

「呑むのですよ」

四郎兵衛が即答した。

「えっ、醤油を呑むのでございますか」

「はい。自ら体を害するために醤油を呑み、御寮に移させて、逃げ出す。そう多くはございませんが、この手の騒ぎは何度か吉原で起こっておりますよ」

四郎兵衛が腕組みした。

「今ひとつ、話がございます。花郎さんの様子が変わったのは昨年末、花郎さんのもとに若侍が登楼して以後ではないかと、薄墨様は申されます」

「知り合いであろうか」

「いえ、花郎さんは初会のような表情で客を迎えたそうです。薄墨様は知り合いのような気もしたけど、はっきりしないと申されました」

しばし思案した幹次郎は自問するように呟いた。

「花郎の病は、須崎村の御寮に移り、足抜するためにござろうか」

「幹どの、醬油差しの一件も若侍の一件もはっきりとしたことではございません。薄墨様は快方に向かっていると聞いた花郎さんの容態が急変したというので気になったゆえ、私を呼んで話されたのでございます」

「分かった。薄墨太夫の気遣い、決してないがしろにはせぬ」

幹次郎が汀女に答え、四郎兵衛も頷いた。

二

汀女が吉原会所から去ったあと、幹次郎は浅草山谷の柴田相庵の診療所に向かった。もう三浦屋の御寮に往診に出向いた相庵とお芳が戻っていてもよい刻限だと考えたからだ。

果たして相庵もお芳もすでに大勢の患者の診察と治療に当たっていた。そして、番方の仙右衛門も診療所の表口にいた。ふたりを送ってきた体で、知り合いと話していた。

「おや、神守様。先を越されましたか。これから吉原に戻ろうと考えていたところです」

仙右衛門が言い、診療所の庭に幹次郎を誘うように出た。

「花邨の容態はどうです」

「青黒い顔をしてましてね、とても客を相手にする体ではございません」

「相庵先生の診立てはどうです」

「首を捻っておいでです」

仙右衛門も首を傾げた。

「番方にはなにか考えがあるようですね」

「三浦屋の御寮の飯炊きは腕のいい住み込み女でしてね、病に合わせて病人の滋養になるような食べ物を作ってくれるんです。むろん医師の指示に従ってのことですがね。それでありながら、いったん快方に向かいかけた花郁の加減がもとに戻った。帰りの舟で、わしの最初の診立てが間違っておったか、予期せぬことが併発（へいはつ）したかと相庵先生も悩んでおいででしたぜ」

仙右衛門の言葉に幹次郎が頷き、汀女を通して薄墨太夫からもたらされた話を告げた。

「わっしもね、なんとなくそんなことを考えていたんですよ。今いちど相庵先生に会わなければなりませんな」

仙右衛門が診療所を振り返った。

春の日差しに開け放たれた障子の向こうの診療所では相庵とお芳が五つ六つくらいの男の子の胸に竹筒のような診療具を当てて心音を聞いていた。傍らには母親が心配げな顔で付き添っている。

診療所の広い土間では何人もの患者が診察の順番を待ち受けていた。

「川向こうに往診に出たんでそのぶん、昼の診療にしわ寄せがきましたな」

と仙右衛門が呟く。

「待つしか手はございますまい」

庭にあった切株に幹次郎は腰を下ろした。

柴田相庵の診療所はかなりの敷地を持ち、診療所と相庵が寝泊まりする母屋の他、四、五人なら怪我人や病人が泊まれる別棟がいくつかあり、その他に納屋が二棟、そして、相庵が隠居所に建てた長屋と称する小体な離れ屋などが点在していた。離れ屋は仙右衛門とお芳の新居として使われていた。

庭のあちらこちらに庭木の梅があり、梅林もあって馥郁とした香りが相庵の診療所に漂い、病人や付き添いの人々の気持ちを慰めていた。梅林の梅は季節になると診療所の奉公人が総出でもぎ、梅干しにして食卓に供された。

「番方、わが方にもいささか奇妙なことが生じておる」

「身代わりの左吉さんと会われたんでしたな」

首肯した幹次郎は、走り屋の河原谷元八郎が角間鶴千代という名で小伝馬町の牢屋敷の揚がり屋に入牢していたことなどを告げた。

「左吉どののことだ。人違いということはございますまいな」

「牢暮らしに慣れた左吉さんです、人の観察眼はたしかなものです。それはまずございますまい」

「牢に身代わりで入る務めも妙なもんだが、牢に人捜しにわざわざ入るというのも気がかりなものですぜ」

「花邨の一件もこちらも宙ぶらりんの感じにござるな」

と応じた幹次郎は、

「花邨がもしその若侍の手伝いで三浦屋の御寮を逃げ出すとすれば、いつのことにございましょうな」

と仙右衛門に尋ねた。

「本日相庵先生の診察を受けました。先生もあの容態では当分身動きが取れまいと言うておられました。もし薄墨太夫の勘が当たっているとすれば、この数日醤油を呑むことをやめ、相庵先生の調合した薬を服んで体力の回復に努めるはずです。回復したころ、助っ人の手を借りて御寮を抜け出るのではありませんか。念のために三浦屋の若い衆をふたりばかり残して、言い含めておきました」

老練な番方が手配りを告げた。

「とするとそちらは数日の余裕がある。河原谷元八郎のほうが優先ですかな」

「もう一度、呉服町北新道の路地奥を訪ねますか。そして、河原谷元八郎に会う手筈を整えませぬか」

仙右衛門の提案に幹次郎は即刻頷き、切株から立ち上がった。すると仙右衛門が縁側に寄ってお芳を手招きで呼び、なにごとか告げて、幹次郎のもとに戻ってきた。

ふたりはその足で今戸橋際の船宿牡丹屋を訪れた。

夕暮れ前で山谷堀の船宿はこれから賑わいを見せる。神田川と大川の合流点の柳橋の船宿から続々と客を乗せた猪牙舟が着いて牡丹屋もてんてこ舞いだ。

「こんな刻限に野暮用で猪牙を出せというのも厚かましゅうございますな。歩きますか」

「それがしは構わぬ」

ふたりは火点しごろの浅草御蔵前通りを南に向かって早足で歩き出した。

仙右衛門も幹次郎も健脚だ、急ぎ足で歩いていないようで大股でぐいぐいと夕暮れの御蔵前通りを進んだ。

今戸橋から神田川に架かる浅草橋を渡り、旅人宿の多い馬喰町を抜けて、代々の石出帯刀が牢屋奉行を務める牢屋敷前を過ぎた。

さらに鉄炮町から本石町四丁目と来て、十軒店本石町の辻を左に曲がり室町一丁目まで出て、日本橋を渡ると、河原谷元八郎が初めて金子を賭けて走り合いをした高札場に出た。呉服町北新道はもうそこだ。

路地に入ると『世相あれこれ』では板の間で数人の男たちが明日の読売の割り

付けでもしているのか、額を集めて話し合いをしていた。

「御免なさいよ」

仙右衛門が声をかけると一斉に男たちが訪問者を振り向いた。

「おや、今朝姿を見せたと思ったら、またなんの用だ」

主の浩次郎が尋ねてきた。振り向いた顔にはネタ拾いの代一も鼠の忠次も交じっていた。その他は若手ふたりだ。

「いわずもがなの河原谷元八郎のことだ」

「なんぞ進展があったか。まさか花の吉原五十間道の走り合いを急いでやれって話じゃないよな」

「浩次郎さん、そうじゃねえ。その浪人は石州浪人河原谷元八郎って名乗っているそうだが、真のことかえ」

「そりゃ、日本橋で走り合いをしたときから木札に記している姓名と出自だよ。それが違うというのかえ」

「こちらを訪ねたあと、石見国のふたつの大名家を訪ねたんだ」

「えっ、吉原会所はそんなことまでするのかい」

浩次郎が驚きの顔を見せた。

「吉原での催しには五十両もの大金が賞として出るんだ。それだけの負担をする以上、河原谷様の身許がはっきりとしていないとな」

「石見国の大名家ってどこだ、鼠の父つぁん」

「新シ橋際の津和野藩亀井様と西久保通り、車坂町の浜田藩松平様の二家と思ったがな」

老練なネタ屋がたちどころに答えた。若いネタ屋が忠次の答えを頭に刻み込むようにぶつぶつと呟いていた。

「番方、新シ橋と車坂町か」

「両方とも河原谷って名の家臣がいたことはないそうだ」

「江戸藩邸にいなくても国許のほうにいたんじゃないか」

「それは考えられないことじゃない。だが、少なくとも江戸屋敷では、ないと答えられた」

「それで番方はどうしようというのだ。石州浪人でなかろうとも河原谷元八郎が偽名であろうとも走りが本物ならば文句はあるめえ。それとも吉原じゃ身許がはっきりしていねえと、この話には乗れないと言いなさるか」

少し浩次郎の顔つきが険しくなった。

「三代目、そう熱くならないで、わっしの話を最後まで聞いてくんな」

「なんだ、まだ話があるのか」

頷いた仙右衛門が、身代わりの左吉からもたらされた話をした。むろん左吉の名などは一切明かさなかった。

「なんですって。あの走り屋の侍が小伝馬町の揚がり屋にいたって！」

代一が素っ頓狂な声を張り上げた。

「角間鶴千代ってのが本名ですと。そりゃ、人違いじゃないかえ。牢屋敷に厄介になるような奴の話なんて当てにならないぜ」

浩次郎も言い募った。

「浩次郎の旦那、角間鶴千代と河原谷元八郎が同一の人物かもしれないと言ったのは、吉原会所と深いつながりのあるお方なんだ。易々と人違いするような御仁ではないんだがね」

しばらく読売屋を重い沈黙が支配した。

「どうする気だ、吉原会所はさ。うちじゃ、この企て、近年にない大目玉にしようと今も話し合いをしていたところだ」

「うちでは揚がり屋に入っていた角間鶴千代が、なぜ牢屋敷に放り込まれたか、身許はたしかか手を回して調べさせている。そいつが分かってからでもいいがさ、どうだね、浩次郎さん。『世相あれこれ』を通じて、河原谷元八郎をここに呼び出しては。それでさ、おまえさん方が河原谷様の身許を確かめるってのは」

「その場に吉原会所は立ち会うというのか」

「場合によっては」

「まずうちだけで様子を探ろう。河原谷元八郎になんの怪しい点もないとなれば、五十間道の走り合いの企てを粛々と準備するまでだ。だが、河原谷がなにか別のことを考えて、この走り合いを繰り返しているのなら、そのときは会所とこちらが話し合いで企てをどうするか決めればいいことだ」

浩次郎が言い、しばらく腕組みして考えた。

「よし、奴を呼び出そう。代一、河原谷元八郎を知るのはおまえただひとりだ。おまえが呼び出しの文言を作れ。明日の読売に入れよう」

『世相あれこれ』を不定期に売り出す読売屋が急に忙しく動き出した。割り付けが変わり、新しいネタが増えたために版木職人に彫らせる文言を一から代一が書き始めた。

「浩次郎さん、お互いなんぞ分かれば知らせ合おう」

「いいとも」

と固い表情の浩次郎が請け合い、幹次郎と仙右衛門は路地から呉服町北新道に出ると、足を新シ橋際の津和野藩亀井家に向けた。

角間鶴千代なる人物が亀井家と関わりがあるかないか、質すためだ。だが、亀井家では河原谷姓同様に角間姓の家臣は、過去にも現在もいないという答えだった。

続いて車坂町の浜田藩松平家を訪ねた。

仙右衛門が門番に留守居役新堂十右衛門付きの村澤唐次郎の名を出して面会を求めた。

門前でしばらく待たされた末にふたりは内玄関まで入ることを許された。せかせかとした足音がして、村澤唐次郎が姿を見せた。

「吉原会所の面々が一日に二度も、それがしに面会を求めるとはどういうことだ。事情を知らぬ家中の者がつまらぬ誤解をなすかもしれぬではないか」

村澤が仙右衛門に文句をつけた。が、さほど機嫌が悪いとは思えなかった。

「また今朝がたのことか」

「へえ、さようなんで」

「こんどはなんだ」

「角間鶴千代という名に心当たりはございませんか」

「なにっ、角間鶴千代じゃと、な、ないな」

明らかに村澤の口調が変わった。

「その者がどうしたというのだ」

「いえ、今朝がたお尋ね致しました河原谷元八郎は偽名で、角間鶴千代が本名ではないかという話がわっしらの調べで出て参りましてね。それでかように二度もお尋ねに上がったというわけでございますよ。どうでございましょう、なんぞご当家と縁がございますなれば仰っていただけませんか」

「当家には角間姓はおらぬ、ゆえに話しようもない」

「ございませんか」

「角間鶴千代は、やはり走り屋か」

「いえ、はっきりとしているのは小伝馬町の牢屋敷に一時入牢していた人物であるということと、河原谷元八郎様と容姿がよう似ておるということだけにございます」

村澤唐次郎はしばし無言を貫いたあと、

「残念ながら河原谷元八郎も角間鶴千代なる人物も当家とは関わりがない」

と答えて奥へと戻っていった。

ふたりは松平家を辞去するしかない。

車坂町から西久保通りを北に向かいながらふたりはしばし村澤の狼狽を考えた。

「神守様、いかがでございますな」

「少なくとも村澤どのは角間鶴千代なる名前に心当たりがあるような気がした」

「あの動揺は心当たりがあるという証しにございますな。どうしたもので」

「差し当たってわれらが今なすべきことはないように思える。河原谷元八郎と角間鶴千代が同一人物であれ別人物であれ、今少し身許がはっきりしたのちに吉原大門前の走り合いを考えてもよかろう」

「そうですね。河原谷某が明日売り出される『世相あれこれ』にどう反応するか、それを見てから動いても遅くはございますまい」

「それと身代わりの左吉どのが角間鶴千代のことを調べてくれるやもしれぬ。いずれにしても待つしかない」

吉原会所にとっても読売屋『世相あれこれ』にとっても話題になる走り合いだが、もしこの背後になんぞ胡散臭い企てが隠されているのならば、なにも火傷を負ってまで手を出す話ではない。

ふたりはふたたび江戸の町を南から北へと横切って山谷堀の今戸橋際へと戻ってきた。すると船着場から声がかかった。

「番方、神守様よ、おまえさん方の行方を探していたところだ。まずわっしの猪牙舟に乗ってくれないか」

政吉船頭は、猪牙舟を船着場に着けようとしていた。

仙右衛門と幹次郎は顔を見合わせ、土手の段々を下り、無言で猪牙舟に乗り込んだ。すると政吉が猪牙舟の舳先を巡らし、隅田川へと向けた。猪牙舟はすでに最後の船が出た竹屋ノ渡しと同じ水路を辿り、中洲の間を抜けると舳先を上流へと向け直した。

「三浦屋の御寮でなんぞ出来したかえ」

「そういうことだ、番方」

「花邨がまさか」

「足抜した」

「若い衆の光吉さんと参次さんをつけておいたぜ」

仙右衛門の問いに政吉はしばし答えなかった。

「どうした」

「ふたりは死んだ」

「死んだとは、どういうことだ」

「三浦屋の御寮に届けものだと呉服屋の手代風の男が訪ねてきて、花郎の着替えの浴衣だと女衆に言ったそうな。そこで光吉さんとよ、参次さんが、花郎は療養の身だ、浴衣なんぞはいらないと応じると、風呂敷包みに隠してあった道中差を抜いて、いきなりふたりを突き殺したそうだ」

「なんてことだ。花郎はその男と逃げたんだな、父つぁん」

「どうやらそうらしい」

「ちくしょう、花郎って振新を甘くみたか」

仙右衛門が罵り声を上げた。

「薄墨太夫の観察が当たっていたということですな」

「花郎と若侍が示し合わせての足抜ですよ。三浦屋の若い衆を殺して逃げ果せるものか」

「番方、三浦屋の御寮から急を知らされて四郎兵衛様と三浦屋の四郎左衛門様が最前川を渡ったところだ」

だった」

「しくじった。走り合いよりこっちが大事だったか。うちの連中を御寮に残すのだった」

仙右衛門の悔いは果てがなかった。

政吉船頭の猪牙舟は隅田川を右岸から左岸へと斜めに漕ぎ上がり、長命寺を越えた辺りで須崎村から流れ来る堀に入った。すると前方に赤々と燃える灯りが見えて、大勢が醸し出す緊張の気配が幹次郎らにも伝わってきた。

三

三浦屋の若い衆ふたりの骸を土地の御用聞きが調べていた。

参次は表口を出たところで滅多刺しにされ、もうひとりの光吉は裏口まで追いかけてもみ合いになったか、木戸口で倒れていた。こちらも血塗れで光吉の倒れている辺りには血だまりができていた。

幹次郎は提灯の灯りでふたりの無数の傷口を調べた。

一見、刃物を扱い慣れない素人が力任せに突き刺したような傷だった。ただし、注意すべき点があった。斬り傷は浅く、突き傷はどれもそれなりに深いものだった。傷のひとつは脇腹から背に貫通していた。

傷口を確かめた幹次郎と仙右衛門は、三浦屋の四郎左衛門と吉原会所の四郎兵衛が憮然として調べが終わるのを待つ台所に顔を出した。

「四郎左衛門様、わっしの気配りが足りなかったようだ。取り返しのつかないことになりまして申し訳ございません」

仙右衛門は丁寧に三浦屋の主に腰を折り、頭を下げて詫びた。番方は会所の者を御寮に残すべきであったと悔いていた。

「番方、楼の御寮まで吉原会所の警固を願えるほど、会所の手勢は多くはございますまい。会所の権限はあくまで廓内、うちでもう少し思案するべきでした」

そう仙右衛門の詫びに応じた四郎左衛門の口調には、いら立ちとも怒りともつかぬ感情があった。

「それにしても花邨は思い切ったことをしでかしたものでございますな」

「花邨の病の原因を考えるべきでした。大人しい人柄につい油断して、あたらふたりの若い衆の命を亡くしてしまいました」

「花邨の足抜を手伝ったのはだれにございましょうか」

仙右衛門がさらに吉原の大物両人に訊いた。

「参次も光吉も滅多刺しに殺されて、一見刃物を扱い慣れぬ者の所業と思える。だが、これは偽装。薄墨太夫から報告があった若侍がお店の奉公人に化けての仕業というのが自然な考えだろう」

四郎兵衛が言った。

「もっとも今どきの侍はまともに刀も振り回せませんがな。どうです、神守様」

「七代目が申される通り、それなりに剣術修行した者が素人の仕業に見せかけたものと思えます」

「ということは、花邨の座敷に一度だけ上がった侍が花邨の足抜を手伝ったということでしょうか」

「あるいは」

と四郎兵衛が応じ、四郎左衛門が、

「薄墨に耳打ちされて花邨のことを調べました。すると朋輩に花邨が一度だけ上がった侍とある約束をしていると漏らしたようです」

となるとやはり花邨の知り合いの若侍が手引きをした可能性が強いと幹次郎は考えた。

「花邨の在所はどこでございますか」

「出羽国由利郡亀田外れに住まいする神官にして郷士酒井田甚八の娘きぬ、とうろ覚えしております」

四郎左衛門が仙右衛門の問いに応じた。

「ふたりの傷口を仔細に調べました。最初に突き傷で動きを封じて、斬り傷はそのあとつけたもののようです。剣術に心得がない者が刀を振るったように見せかけたのでございましょう。下手人は間違いなく致命傷を負わせることを考え、初めの一撃二撃で動きを封じております」

ふーうっ、と四郎兵衛が溜息を吐き、四郎左衛門はぎりぎりと歯ぎしりをした。

「花邨の体調を考えたとき、江戸からいきなり遠くへ離れたとは思えない。どこぞに隠れ家を設けて、花邨の加減がよくなったのを見計らい逃げる算段ではないかと思う」

四郎兵衛が答えた。

「花邨は御寮に来る折りにいくら金子を持っていたのでございましょうな」

「大した金は持っておりますまい。せいぜい二両か三両」

四郎左衛門の答えだった。

「下手人は花邨を抱えて徒歩で逃げたのでしょうか」

幹次郎が尋ねたが、ふたりは知らない様子だった。

「四郎兵衛様、亀田藩岩城様のお屋敷に問い合わせてようございますか。じつはご家中のことで心当たりがあるのでございます」

仙右衛門が許しを乞うた。

「刻限が刻限です、亀田藩が快く対応してくれるとも思えません。その折りは秋田藩佐竹様の御留守居役井上宋善様の名を出してみなされ」

「承知しました」

四郎兵衛の言葉を受けた仙右衛門に、

「小頭らがこの界隈の訊き込みに回っています。亀田藩の屋敷を訪ねる前に長吉らに会っておくとよい」

とさらに七代目頭取が指図した。

ふたりは台所を出ると御寮の門前に長吉ら会所の面々がいるのを認めた。

「番方、男が花邨を背負って隅田川のほうに向かったのを土地の年寄りが見ております。おそらく男は小舟を御寮近くに隠しておいて、花邨を乗せて逃げたものと思えます」

「上に逃げたか、河口へと向かったか」

「そちらはまだ調べがついておりません」

日が落ちていた。目撃した者がいたとしても調べは明日になる。

「小頭、なんぞ手掛かりは残してねえか」

「滅多刺しが気になります。土地の御用聞きは素人の仕業と見ているようですがね」

長吉の口調には納得できない様子があった。仙右衛門が、

「神守様の判断は異なる。剣術の心得がある者がないように偽装した殺しと見ていなさる」

と言葉を添え、長吉も得心したように首肯した。

「小頭は、花郎のことを知っておられるか」

「わっしの知るかぎり花郎には、足抜の手伝いをするほどの馴染客がいたとは思えません。七代目から聞きましたが、花郎と同じ在所の若い侍が指名で一度だけ上がったことがあったとか」

「その一件でこれから神守様と亀田藩江戸屋敷を訪ねてみるところだ」

「小石川御門近くでしたね、ご苦労に存じます」

「あとを頼む」

と願った番方と幹次郎は政吉船頭が待つ船着場に向かった。

猪牙舟が流れに乗ったとき、幹次郎が仙右衛門に尋ねた。

「出羽の亀田藩と秋田藩には深い縁がござるか」

「外様亀田藩二万石は子吉川北岸に領地がございましてな、三方を本荘藩、旗本の生駒家、秋田藩に囲まれております。米どころといえば聞こえはいいが、それ以外、見るべき実入りはございませんので。まあ出羽の貧乏大名の一門でしょうな。明和年間（一七六四〜七二）に秋田藩との間に雄物川川役を巡って、さらには本荘藩と子吉川を巡って諍いが起こり、ふたつとも亀田藩に不利益なかたちを押しつけられました。最前、七代目が秋田藩の名を出されたのは、岩城家に秋田藩佐竹義宣の弟が藩主として入ったこともありまして、亀田藩にとって秋田藩は、宗藩という関わりがございます。その後、亀田藩は仙台伊達家からの養子が藩主になり、伊達一門との結びつきが強くなったことはございますがな、まあ、秋田藩の名は無視できません。そのことを七代目は申されたのですよ。正直申して、秋田藩の留守居役が吉原に顔を見せたなんてことがあったかどうか。わっしが知ったかぶりをしたのは、本荘藩の六郷家のご用人様から亀田藩の事情をちらりと聞きかじったことがあったからにございますので」

仙右衛門は説明を終えた。

浅草田圃に下屋敷を構える六郷家と吉原会所の結びつきは深かった。

「さあて、花邨め、足抜して逃げ果せるとでも思っていやがるか」

と呟いた仙右衛門の口調には微妙な感情が込められていた。

「大楼三浦屋は主どのも女将さんも話の分からぬ人ではないと思うたが」

「楼に不満があっての足抜ではございますまい。若侍とどのような関わりがあるのか、それさえ分かれば曰くは摑めましょうがな。あれだけ痛めつけた体が直ぐに元に戻るとは思えませんや。今ごろどこでどうしているのか」

仙右衛門は花邨のことを、なにか思い入れがあって承知している様子が感じられ、幹次郎はいささか訝(いぶか)った。

「足抜を手伝った者はふたりを殺しておる。花邨とてそのような所業がどのようなことを引き起こすか分からぬ歳でもあるまい」

幹次郎の頭の中に、

「心中(しんじゅう)」

の二文字が浮かんだ。

「ふたりして大川に身を投げたりしたら三浦屋は踏んだり蹴ったりの仕打ちを受けることになる」

仙右衛門の口調に腹立たしさが感じられた。

「なんとか引き止められるとよいがな」

「どちらにしても地獄が両人の前に待ち受けておりましょうな」

番方の言葉には春の宵闇を凍らせる響きがあった。

ふたりはしばし沈黙したまま政吉船頭の櫓に任せて大川を下り、神田川へと舳先を入れた。

小石川御門近くの土手下に猪牙舟が着けられたのは五つ半（午後九時）の刻限か。

「政吉の父つぁん、この先どうなるか知れねえや。半日引き回したが、待つことはないよ。すまねえが空舟で山谷堀に戻ってくんな」

「待つのは仕事だ。だが、番方がそう言うならば引き上げようかね」

政吉が猪牙舟の舳先を巡らし、神田川を下っていった。

幹次郎と仙右衛門は黙々と土手を上がり、道を挟んで上屋敷と中屋敷が向かい合わせにある讃岐高松藩松平家の御門前を抜けて、出羽亀田藩二万石、岩城伊予守の屋敷の門前に立った。

刻限が刻限だ。ひっそりとしているかと思いきや、門内に人の動きがあった。

仙右衛門が首を傾げながらも通用口の戸を叩いた。

「どなた様じゃな」

と即座に応答があった。

「へえ、わっしは吉原会所の者にございます。ご用人様か、御留守居役様にお目にかかりたく参上致しました」

「なにっ、吉原じゃと。当家は取り込んでおる、またにせよ」

「秋田藩佐竹様の御留守居役井上宋善様の口利きにございます」

仙右衛門が七代目の入れ知恵を出して粘った。

「井上様の口利きとは。しばらく待て」

ふたりは通用口の前で長いこと待たされた。門内で小走りの足音がして、
ぎいっ
と戸が開けられた。

「通れ」

の声に通用戸を潜ると、門内には物々しい警戒が見られた。

「吉原会所がなんの用だ」

壮年の武家が幹次郎を見ながら仙右衛門に詰問した。

「会所の番方を務めます仙右衛門と申します。失礼ながらどなた様にございましょうか」

「当家目付大内胤五郎」

と相手はぶっきら棒に応じた。

「大内様、なんぞ出来致しましたか」

「当家のことに町人のそなたらが口出し致すではない。井上宋善様の口利きというでこうして会うておる。さっさと用事を申せ」

「もしやご当家の騒ぎとわっしらが訪ねてきた用件とつながりがあるとは思えませぬか」

「なにっ」

大内が仙右衛門を睨み据えた。

「吉原の大籬三浦屋の花郎という抱え女郎が病を負うて、須崎村の御寮で休養しておりましたので。そこへご当家の宗形某様と申される若い侍が現われ、男衆ふたりを滅多刺しにして殺め、花郎を連れて逃げたのでございますよ」

大胆にも踏み込んだ発言をした仙右衛門を、大内が鋭い眼光で睨み据えた。

「宗形とな、間違いないか」

「御寮に押し入ったときは呉服屋の手代のような形をしていたそうな」

「宗形は二本差しの武士である、町人の形などするものか」

「御寮の男衆を油断させる手にございませんか」

「……」

「ふたりの男衆の傷にござるが、刃物を扱い慣れぬ者の仕業のように滅多斬りにござった。じゃが、仔細に点検致したところ、突き傷は深く、斬り傷は浅く、命を取った傷を負わせたあとにつけたものであることが分かってござる。滅多斬りをなしたのは、最初の一撃二撃の突き傷をごまかすため、つまり刺客が武士ということを隠すことが狙いかと存ずる」

と幹次郎が仙右衛門の話を補足した。

ふうっ、と大きな息を吐いた目付の大内が、

「そこもとは」

「吉原会所に雇われておる神守幹次郎と申す」

「吉原の裏同心と呼ばれる御仁か」

頷いた幹次郎が、

「ご当家の警固はなんぞ宗形様に関わりがあることにございますかな」

あるともないとも大内は答えず、

「こちらへ参られよ」

ふたりは玄関脇の供待ち部屋に案内され、ふたたび待たされた。だが、こんどは長いこと待たされることなく、奥へと案内された。そこにはふたりの武家が待ち受けていた。

「留守居役鵜沼孝則様、用人湯田十左衛門様じゃ」

と大内が亀田藩江戸屋敷の重臣を紹介した。鵜沼は五十年配、湯田はそれより十歳ほど若かった。

「吉原会所の仙右衛門に神守幹次郎にございます」

仙右衛門が名乗った。

「三浦屋の女郎を伴い、逃げた者が宗形とどうして言える」

とここでも疑問を呈された。

「鵜沼様、逃げる折りに花邨が宣三郎様と呼んでおるのを御寮の飯炊きが聞いております」

なんと、大内が思わず呟いた。

おや、と幹次郎は思った。そのような話は一切聞いていなかった。そうか、番方ははったりをかましているのかと幹次郎は思った。

「この者、三浦屋に一度だけ登楼しております、ふた月前の年の瀬にございます」

「宗形宣三郎を名乗って登楼したと申すか」

「遊里では一夜かぎりの客の大半は偽名にございましょう。ですが、三浦屋に初めて投宿(とうしゅく)した若侍は、最初から花邨を指名して、応対した番頭に、花邨には宗形と言うてくれれば分かると申したそうな。花邨も宗形と名乗った相手に、宣三郎様と呼び返したそうな。そんな光景を遣手(やりて)が見ております。三浦屋ほどの大楼では一見(いちげん)の客と初会から床入(とこい)りすることはございませんが、宗形様と花邨の床にはその様子が残っていたそうな。この宗形様にございますが、歳は二十三、四歳、細面(ほそおもて)のなかなかの美男子にございますそうな」

鶉沼と湯田が顔を見合わせた。

幹次郎も仙右衛門があまりに花邨の身の上に詳(くわ)しいことに驚きを隠し得なかった。が、ふと、気づいた。

花邨を治療していたのは柴田相庵であり、常に従っていたのはお芳だった。病人が女同士であるお芳にあれこれと身の上を喋ったことは考えられた。治療に携わる者には他人にそのことを漏らしてはならないという習わしがあった。だが、お芳は仙右衛門に話したのではないか。

「その者、たびたび吉原の遊女のもとに通ってきたか」

「いえ、その一度かぎりにございます」

「それがふた月前の年の瀬じゃな」

「はい」

「花邨なる者の本名は分かるか」

「ご当家領内の岩城六呂田村の郷士、酒井田甚八の娘、きぬ」

長い沈黙があった。そして、鵜沼が湯田に頷いた。

「おそらく本日、三浦屋の抱え女郎を伴い、御寮から逃げ出したのは当家の勘定方宗形宣三郎であろう。昨夜より宗形と朋輩のひとりが勘定方に姿を見せぬということで、家中を挙げて捜索した。また目付が宗形らの長屋を訪ねたが行方が知れぬ。そこで内蔵に入ったところ、朋輩が刺殺されて長持の中に骸が隠され、銭箱から百両の金子が紛失しておるのが分かった。それが判明したのがつい一刻

（二時間）前のことだ。そのことが判明して以来、当家では宗形の立ち回りそうなところを調べておったが、どこにも姿を見せておらぬ。まさか吉原にそのような女がおるとは考えもしなんだ」

「百両の金子を持ち出しておりましたか」

仙右衛門が呟いた。

両人は直ぐに心中などする気はないのだ。なんとか吉原と亀田藩の追跡を掻い潜り、いずこにか新たな生きる場を見つけようと考えていると思われた。

「宗形宣三郎様は武芸の腕前はいかがですか」

うーむ、と留守居役鵜沼が唸った。

「騒ぎが起こって宗形を調べ直した。ふだんは無口でこつこつと御用部屋で帳付けをやっておる家臣とだれもが思うておったが、宗形家には一子相伝の突撃一殺流なる流派が伝わっておるとか。朋輩も一撃一殺、心臓を深々と脇差で抉られておった」

目付の大内が幹次郎の問いに答えていた。

「危険極まる人物にございますな」

「われら、家中に猫のごとき勘定方を奉公させておったはずが、一枚皮を剝げば危険な虎であったわ」

と鵜沼が呻いた。

四

「宗形宣三郎め、女郎と一緒になるために三人を殺め、百両の金子をくすねて逃げておる。もはや、ふたりは江戸を離れていような」

重苦しい沈黙を破り、用人の湯田が呟いた。

「花郁は病になるために毎日のように醤油を呑んで五臓六腑をだいぶ痛めつけております。ひとりでは歩くこともできません。となりますと、ひと月やふた月は江戸かその近くに潜んで、病を治すことに専念し、体が回復したところで、ご当家と吉原の目が光る江戸を離れる魂胆にございましょう。わっしどもにはあとひと月ふた月の探索の間が残されてございます」

仙右衛門が言い切った。

「よし、改めて宗形宣三郎が隠れ潜む場所がこの江戸にあるかどうか、家中で詮議してみる。また花郁こと酒井田きぬがいつどこで、どうして宗形宣三郎と知り合うたかも調べる。間違いなく亀田城下であろうと思う。花郁こと酒井田きぬが吉原に売られてきたのはいつのことだ」

と目付の大内が仙右衛門に訊いた。

「三年前のことにございます。酒井田きぬは訛りがなかなか抜けないせいで口が重く、色白の美人にもかかわらず客がつかず、そのころは客がついても根が暗いと二度の指名はございませんでした。吉原では初会より裏を返すと称する二回目の登楼時が、客が戻ってくるかどうか、売れる遊女になるかどうかの分かれ目にございます」

「酒井田きぬは、吉原に馴染もうとしなかったのか、馴染もうと努力したがだめだったのか」

「大内様、わっしらもその辺から調べ直します。三浦屋という大楼には高尾、薄墨という売れっ子の太夫を頂点にきら星のように美形にして客あしらいのよい振袖新造、若手の遊女がおります。花郁は、わっしらもその存在に気づかないくらい、ひっそりとこの三年を過ごしておりました」

「聞けば聞くほど宗形宣三郎の生き方と似ておる。宗形はこの一年十月前に国許から自ら望んで江戸藩邸勤番に奉公替えしておる。勘定方としては忠実にして手堅く、優秀ゆえ信頼も厚く、この江戸勤番は直ぐにお聞き届けがあった。そして、騒ぎを起こす昨日までひっそりと勘定方を務めてきた」

大内が仙右衛門の言葉に応じ、

「ふたりして示し合わせてのことと思うが、最後の最後に正体を見せおったわ。それも家中を大騒ぎに陥れるほどの糞をしていきおった」

と吐き捨てた。

「この騒ぎ、ご当家と吉原会所が相助けて探索に当たらねば解決の目処が立ちそうにございません。ご一統様、それでようございますな」

「お互いが調べた情報は即刻知らせ合い、探索を進める」

互いがそう確かめ合い、

「御留守居役、ご用人、それでようございますな」

最後に大内が上役に念を押した。ふたりが重々しく首肯し、

「さらに言葉を重ねることもないが、宗形宣三郎の一件、内々に始末したいのじゃ。吉原会所もその意を含んで動いてくれぬか。うちではすでに宗形宣三郎を藩籍から抜いておる」

「湯田様、宗形様はすでに三人を殺めておる人物ですぞ。内々に始末できるかど

うか、猫と思いきや虎になっておるのでございましてな。ふたりの隠れ家をなんとしても見つける、それが先決です。内々の始末ができるかどうかは、そのときの事と次第によります」

　仙右衛門の言い切りに苦々しい顔でふたりの重役が応じた。

「隠れ家を探したのは間違いなく宗形宣三郎様にございましょうな」

「江戸で御用の他ではどのような動きをしておったか、改めて調べ直す」

「これまでに分かっていることがございますか」

「非番の折り、宗形は、江戸の町道場を巡って稽古を見学させてもらうのが道楽といえば道楽じゃったそうな。その道場通いの間に一度だけ吉原を訪ねたというわけだ」

「宗形どのは几帳面(きちょうめん)な人物とお見受けします。日誌など記しておられたのではございませぬか」

　幹次郎が目付の大内に尋ねた。大内が鵜沼の顔をちらりと見た。

「吉原会所とは相助け合わねばなるまい」

　鵜沼が許しを与えた。

「御用部屋に『江戸剣道場見聞録(けんぶんろく)』なる帳面が残されてあった。それによれば宗形、この一年十月の間に二十数軒の道場を訪ね、しかも同じ道場に何日も通ってその感想を克明に記しておる」

「宗形どのはその道場に稽古を願ったのでございましょうか」

「未だ『見聞録』は精査しておらぬ。格別にこたびの騒ぎと関わりがないように見受けられたでな」

「拝見させてもらうわけにはいきませぬか」

大内がしばらく待てと願い、目付の御用部屋に戻ると、手作りしたと思える久慈産の西之内紙に綴られた『江戸剣道場見聞録』を持参し、幹次郎に渡した。

幹次郎は細字で克明に記された江戸の町道場巡りに関する日誌をぱらぱらとめくり、その終わりごろに興味のある一事を見つけた。

「番方、宗形どのは下谷山崎町の香取神道流津島傳兵衛道場を今から一年余前から数度にわたり訪ねておる、見られよ」

仙右衛門にその文面を見せた。

「津島道場はそなたの知り合いか」

「それがしが稽古に通う道場にございます、大内様」

幹次郎が大内の問いに答え、仙右衛門が読み上げた。

「なになに、寛永寺下の香取神道流津島道場、大道場に非ずといえども江戸屈指の力を秘めた道場なり。津島傳兵衛の力恐るべし、また客分のかいい、かんもり某と津島の打ち込み稽古を格子窓の外より覗き見しが、この者の剣法も捨てがたし。憶測するに修羅場を潜った剣なりしか、興味尽きなし」

別の日付には、

「津島道場客分神守幹次郎はなんと吉原の番人、吉原会所の用心棒なるべし。きぬのおりし吉原の飼い犬とは、いずれの日にか、相見えしことありやなしや」

「なんと、見聞録にそなたのことも酒井田きぬがことも記しておったか」

大内の顔に驚愕の色が走った。

「どうやら吉原会所と宗形様はすでに因縁がございましたな。神守様のほうは見物人宗形様の存在をご存じなかったということですな」

「番方、津島道場の稽古には常に土地の年寄り連や剣術好きが窓に大勢しがみついておりますれば、格別に気にしたことはございませんでした」

と幹次郎が答え、

「宗形宣三郎様は吉原会所に神守幹次郎様がおられることを承知でこたびの花邨の足抜を強行したことになりますな。となると宗形様は神守様が追っ手になるだこした騒ぎですぞ」

ろうことを承知していた。この一件、ふたりして準備万端の上、機を窺って起こした騒ぎですぞ」

「どうやらそのようだ」

「思いがけないところに隠れ家を必ず用意しております。その費えにこちらの銭箱から百両を持ち逃げしたのです。いえ、間違いございません」

仙右衛門が言い切り、何度目か、息苦しいような沈黙がその場を支配した。

「ともかく宗形宣三郎に四人目の殺しをさせるわけにはいかぬぞ。なんとしても一日でも早くこやつらの隠れ家を見つけよ」

湯田用人が目付の大内に命じ、幹次郎は『江戸剣道場見聞録』を大内に返した。

深夜の武家地から吉原に向かう帰り道、

「番方、いつのころから花郎に目をつけておったな」

「いえね、お芳が奇妙な病人がおると言い出したのはつい五、六日前のことなんで。お芳は医者じゃございませんが、患者が漏らしたことや見聞きしたことを亭主といえども告げるのは、ご法度ですよ。お芳がわっしに遠慮げに訴えたことを真剣に聞いておれば、この悲劇は防げたかなと後悔しているところです」

と仙右衛門は吐き捨て、言い足した。

「宗形宣三郎と酒井田きぬは、何年も前から念には念を入れて足抜を企ててきたのです。まさか神守様まで見張られていたとはね」

番方が亀田藩江戸上屋敷で話したことを蒸し返した。そして、

「こやつ、ふた月前に三浦屋に登楼したとき、すでに神守様の姿を確かめ、長屋も承知しておりましょうな」

と仙右衛門が言い切った。


ふたりが吉原に戻りついたのは夜半九つ（午前零時）を大きく過ぎて、吉原は遊女たちと客が床に入っている刻限だった。わずか二万七百余坪の廓内の楼で一夜の切ない情が交わされていた。

その中に花郁こと酒井田きぬの姿はない。

三年前、出羽の亀田領内から身売りされてきた酒井田きぬは、宗形宣三郎と一緒になることを夢見て女郎勤めをしてきたのだろう。そして、ふた月前に仕度が整ったと宗形自身に告げられて行動に移ったのだ。

通用戸を叩くと、金次が開けてくれた。

「ご苦労にございます」

「七代目はお休みか」

「いえ、おふたりの帰りをお待ちにございます」

両人が四郎兵衛の座敷に行くと、四郎兵衛が火鉢の五徳に載せた鉄瓶から燗徳利を持ち上げたところだった。

「そろそろふたりが戻るころと仕度をしておりました、ご苦労でしたな」

と両人を火鉢の傍らに招き、それぞれに杯を握らせて燗徳利の酒を注いだ。

「頂戴します」

幹次郎も仙右衛門もこの日、いつ最後に飯を食したのかさえ思い出せないほど、長い一日だった。それだけに渇いた喉に温めの燗酒が美味かった。

一杯口に含んだふたりは杯を置いた。そして、仙右衛門が亀田家で得た情報を、順を追って報告した。

長い話が終わった。

頭に刻み込むように話を聞いた四郎兵衛が、

「走り屋の一件から三浦屋の御寮の騒ぎ、さらには亀田藩邸での殺しとなんとも事が続いた一日でしたな」

「ただただわっしらは、引っ掻き回されて江戸じゅうをうろつかされただけでございますよ。こういうときはすっきりしませんで疲れが倍加します」

「明日からこつこつと手分けして事に当たるしかありますまい。まず走り屋の一件では、河原谷に向けた『世相あれこれ』が明日売り出される。そのあと、河原谷元八郎が読売屋に現われる手筈だが、それよりも人三人が殺された足抜を始末するのが先ですな」

四郎兵衛が言い、

「ふたりが疲労困憊なのは分かるが、花邨が吉原に売られてきた経緯を聞いてくれないか。おふたりが三浦屋の寮を出られたあと、四郎左衛門さんから聞き出したことにございますよ。なあに、女衒の山之宿の父つぁんが手掛けたもので、父つぁんが江戸を離れているので、詳しい話は分からない。父つぁんが三浦屋に報告した話だから、大して長い話にはならない」

「花邨を買ったのは山之宿の彦六の父つぁんでしたか。女衒の親玉も花邨の正体までは見抜けなかったようですね」

山之宿町の彦六は、会津から出羽一円を縄張りにして娘の身売りの仲介をして吉原から口銭を受け取る女衒だった。その稼業は四十余年に及び、

「彦六の手掛けた娘はお職まで昇り詰める」

と評判の腕利きだった。

「花邨のことはふたりとも知るまいな」

「亀田領内岩城六呂田村の郷士酒井田甚八の娘ということくらいしか知りません。先ほど四郎左衛門様がそう申しておりましたな」

「三浦屋さんが承知なのはまあその話に毛の生えた程度でね。父親の甚八が田舎博奕にのめり込んで娘のきぬを彦六の父つぁんに売り渡した。その折り、父親に三十二両二分、支払われております。それだけの玉と彦六の父つぁんは踏んだ。そして、江戸に連れてきて三浦屋に五両乗せて三十七両二分で転がしている。まあ、女衒としては阿漕な話ではない。この三年、花邨が三浦屋で稼いだ上がりは、最初に用意した小袖、打掛のお代にもならない。そしてこたびの病です。三浦屋に五十数両の借財を残して、足抜した。花邨についての情報はこの程度です」

「七代目、宗形宣三郎は別にして、間夫はいますまいな」

「馴染の客は片手で数えられるほどでしてね、念のために長吉らに調べさせました。だが、どこにも宗形の影はない」

「で、ございましょうね」

「ひとつだけ、砂船の親方船頭が奇妙なことを覚えていた」

「ほう、どんなことで」

「金次が探り出してきた話だがな、出羽の在所から吉原に買われてきた花邨が客の親方船頭に『五ツ目之渡しとはどこにある』と訊いたことがあるそうな」

「面白い話にございますね。砂船の親方は教えたのでございますね」

「川向こうの竪川にある渡し場だと教えたそうだ」

「出羽が在所の娘がなぜ五ツ目之渡しを気にかけたか」

仙右衛門が首を捻った。

「番方、花邨の知識ではあるまい。宗形宣三郎に教えられたのではなかろうか」

「それはまたどうしてでございますな、七代目」

「亀田藩の下屋敷は竪川の五ツ目之渡し場の傍、中之郷五之橋町にあるのですよ」

「それはそれは。まさかとは思うが、あの近辺に隠れ家を設けましたかね」

「あの体の花邨を舟に乗せたとしても須崎村から遠くへは運べますまい。意外や意外、大胆にも亀田藩の下屋敷近辺に隠れ家を設けたことは考えられますよ」

「ならば明日はその辺りから調べを始めますか」

「ふたりして腹を空かしていませんかな。膳が用意してございます、それぞれ腹ごしらえして恋女房のもとへお帰りなされ」

ふたりが吉原の通用門を出たのは九つ半（午前一時）を過ぎたころだった。

「なんとも長い一日でございましたね」

「いかにも。半日が三日にも四日にも思えるようじゃった」

人の往来の絶えた衣紋坂をゆっくりと見返り柳へと上がっていく。道の途中で犬がふたりの行く手を横切ったが、気配に気づいて立ち止まり、

うおおおっ

と啼いて路地に消えた。

会所で引手茶屋山口巴屋が用意した膳を食して、ふたりは人心地ついていた。

「走り屋の一件といい、足抜騒ぎといい、このところ二本差しがからむのはどうしてでしょうな」

「ふたつの騒ぎに関わりがあると番方は申されるか」

「いえ、そうではありませんがね、どうして侍が走り合いをしてみせたり、足抜の手伝いをしたりするのかと思っただけですよ」

仙右衛門が応じたとき、夜風に戦ぐ見返り柳の前にふたりは差しかかっていた。

「ご時世ですかね。わっしはこれで」

「ご苦労であった」

とふたりはその前で別れた。

浅草山谷町の柴田相庵の診療所の離れ屋に戻る仙右衛門は山谷堀に架かる土橋を渡り、幹次郎は日本堤を今戸橋のほうへと下り、途中から浅草田町に折れる。

塗笠を手に幹次郎は番方の背を見送りながら、ふと見返り柳に目を留めた。

見返りが　また明日と　夜の風

言葉が取り散らかり、浮かんだ。

（これは駄句ともいえぬな）

と思いながら人影もない土手八丁を下った。

塗笠を手に着流しの形で一日を過ごしたなと幹次郎は考えながら、ふと背になにか気配を感じた。

殺気だ。

もはや剣を抜く暇はない。

幹次郎は前方に走った。

間合を詰めてきた者がいた。

幹次郎は振り返ることはせず前傾姿勢で走りながら手にした塗笠を後ろから迫る殺気の主に投げた。

ばさり
と音がして相手が塗笠に剣を振るった気配があった。

幹次郎は身を投げると山谷堀の土手を転がった。転がりながら鞘ごと刀を抜き、土手下で止まった。

土手八丁を黒い影が駆け抜けていった。

ふうっ
と幹次郎はひとつ息を吐くと、梅の香りがどこからともなく漂ってきた。

第三章　砂利場の親方

一

翌朝、町内の湯屋で朝風呂に浸かっていると、十年程前までは大工の棟梁だった小三郎が、

「おや、朝湯にしちゃ昼前の刻限だね」

と幹次郎に声をかけてきた。

小三郎は、棟梁を倅に譲って楽隠居の身分だ。

「昨夜、いささか遅くなりましたでな。本日は昼出でよいと四郎兵衛様の許しをもらっておるのだ」

「番方が戻ったろうに相変わらず吉原会所は忙しいな。なんでも三浦屋さんの抱

えの振新が須崎村の寮から姿を晦ましたというじゃないか」

浅草寺寺領に住む隠居だ、吉原の情報を早くも承知していた。

「ご隠居、早耳でござるな」

「早耳もなにも読売が書き立ててますよ。若い衆をふたりも殺して逃げたんだってね。病の身の女郎がようもしのけたものだ」

読売には足抜の助勢がいたことまでは書いてないのか。それにしてもどこの読売屋がこの一件を探り出したか。『世相あれこれ』ではあるまいと、幹次郎はなんとなく思った。

「その一件で昨夜遅くなったのでござる」

「さようでしたか。逃げた女郎は捕まりましたかね」

「今のところ手掛かりがのうて困っております」

「三浦屋は吉原一の大楼だ。そう話の分からぬ旦那ではなかろうに」

「楼や朋輩に不満があってのことではないようだ。国を出たときから、足抜を思案してきたようでな」

「なかなか抜け目のない女郎さんのようだね、その女の国はどこですね」

「出羽と聞いております」

「出羽国か。わっしなんぞ江戸を出るのは大山詣りくらいでね、日光にも詣でたことがないや。出羽ってのは、雪がたくさん降り積もるそうですね」

「一冬に丈（約三メートル）余も積もることがあると聞いたことがござる」

「人の背丈の倍の雪が降り積もる景色って、聞くだに鳥肌が立ちますぜ。足抜した女郎は出羽を目指しているんでしょうかね」

「さあてその辺がね」

「人なんてどこでも住めば都でね。男から見れば華の吉原だが、売られてきた女郎には地獄かね。気の持ちようと心配りで女郎の身が大店の女将さんに変じることもあるのだがな」

小三郎が幹次郎に苦労人らしい言葉を吐いたものだ。

「ご隠居、お先に失礼致す」

隠居の言葉に頷いた幹次郎は湯船から出ると、上がり湯を被って手拭いで体を拭いた。すると柘榴口の向こうから俗謡か、小三郎の鼻歌が響いてきた。

長屋に戻ると女髪結のおりゅうが日だまりの座敷で汀女と茶を飲んでいた。その傍らに座布団が用意され、髪結の座が設けられていた。

汀女がおりゅうに髪の結い直しを願ったのか。

「汀女先生に聞きましたよ。夜分、辻斬りに遭ったんですって」

「辻斬りかどうかは知らぬが、背後から襲われた。手にしていた塗笠がそれがしの代わりを果たしてくれた」

幹次郎は土手八丁で襲われた一瞬の詳細を初めてふたりの女に告げた。汀女は幹次郎の話を黙したまま聞いていた。一方おりゅうは、

「吉原会所の裏同心も楽じゃないね、命がけだよ」

と呆れ顔をした。

昨年の年の瀬、菅笠ばかりではと汀女が買ってくれた笠で、頭に馴染むほど被っていなかった。その塗笠のことを幹次郎は気にかけた。

「姉様の贈り物を無駄にしてしもうた」

「幹どのの楯に笠がなってくれたのです。お安い買い物でした」

「修理は利くまいな」

塗笠はへぎ板に紙を張り、漆塗りにした笠だ。へぎ板とは木材の繊維に沿って薄く裂いた板のことで、水切れがよい。値段に上下はあったが腕のいい職人が手にかけた笠だ、それなりの値がした。

「浅草門前町の笠屋で購うたものです。念のために相談してみましょうか」

と汀女が言った。

刺客は、幹次郎が後ろも見ずに投げた塗笠を頂から四、五寸（約十二〜十五センチ）を残して見事に切り分けていた。

なかなかの遣い手である。

もしあのとき、幹次郎が後ろを振り返ったり、刀の柄に手を掛けて抜こうとしたりしたら、間違いなく背を割られていたであろう。汀女が言うように幹次郎の身代わりに塗笠がなってくれたのだ。

「ともかく塗笠と小袖の裾が裂けたくらいで命拾いした」

「幹どの、ただ今探索中の騒ぎと関わりがございましょうかな」

汀女が訊いた。

昨夜、幹次郎が戻ったとき、汀女は床に入っていた。起きようとするのを幹次郎が止めて、台所にあった酒を茶碗で二杯ほど呑み、高ぶった気を静めて眠りに就いたのだ。

そして、朝起きたとき、幹次郎の身になにかが降りかかったことを斬り割られた笠と破れた小袖から汀女は察したのだ。だが、そのことには触れずに朝湯に行ってくるように幹次郎を促した。

「おりゅうさんをうちに呼んだのは、幹どのの髪を結い直してもらおうと思ってのことです。こちらに座を移しなされ」

と汀女に言われ、

「これはそれがしのためか」

幹次郎は得心し、素直に従った。

「姉様、茶屋に出るのが遅くなりはせぬか」

「ご案じなさるな。玉藻さんにも会所にも本日は少々遅くなります、と伝えてございます」

と汀女が応じた。

「おりゅうさん、願おう」

幹次郎は座布団の上にどっかと腰を下ろした。

「まさか昨夜の一件、三浦屋の花邨さんの足抜騒ぎと関わりはないでしょうね」

おりゅうは元結を鋏で切りながら訊いた。

「最前も言うたが、ただの辻斬りか、これまでの吉原の災難と関わりがある者の仕業か、一瞬のことで判断がつかなかった。それがしが見たのは土手八丁を走り抜けた黒い影だけだ」

「花郁さんの足抜には侍が手引きしているという噂があるよ」

おりゅうは吉原の髪結、それだけに事情通だ。

「おりゅうさんは三浦屋に出入りしておるか」

「あれだけの大見世になると、私だけではなくて何人も髪結が出入りを許されているのよ。花郁さんの担当は男髪結の伊三さんですよ」

「おりゅうさん、花郁のことでなにか耳にしたことはないか」

「ここんところ伊三さんとは掛け違っていて会ってないからね。それに、客のことを仲間同士で喋り合うのはご法度だし」

とおりゅうは答えたが、幹次郎と汀女の前ではそれなりに喋った。ふたりの役目を心得ていたからだ。

「それは表向き。噂話は女の得意とするところでござろう」

うっふっふふ
と笑ったおりゅうが、

「男だって、噂話は三度の飯より好きでしょうが」

と反論し、

「花邨さんが醤油を呑んでいるって噂は、だれとは言いませんが仲間から聞きましたよ」

「いつのことかな」

「今年の初めごろかね。ただ、曖昧な話なんでね、たしかな証しのない話は広めないほうがいいよと若い髪結に注意したんですよ。考えたらそれが裏目に出たかね、まさかこんな騒ぎになるなんて夢にも思わなかったよ」

おりゅうは言うと、幹次郎の髪に黄楊櫛を入れ始めた。

幹次郎はいつしか睡魔に襲われていた。

昨夜遅かったのと、襲撃未遂事件が幹次郎の心身を疲れさせていたのだろう。

汀女もそれを承知で、このような時間を作ったのだろう。

幹次郎が目を覚ますと、

「ついでですよ、髭剃りもしておきましょうかね」

とおりゅうが言った。

「万事世話になろう」

「番方とお芳さんが吉原を留守にしていたぶん、神守様の肩にずしんと会所の仕事がのっかってきたからね、知らず知らずのうちに疲れと凝りが体じゅうに溜まっているんですよ」

手際よく剃刀（かみそり）で襟足から顔の髭剃りまで済ませたおりゅうが、幹次郎の両の肩を揉（も）み解（ほぐ）してくれた。

「おお、これはたまらぬ。姉様、おりゅうさんの揉み療治（りょうじ）は気持ちよいぞ」

「私はときにお世話になってますゆえ、よう承知です」

「なに、姉様はこのような極楽をときに受けておいでか」

「女には女同士の秘密がございますものですよ。幹どのにはございませんか」

「姉様に秘密とな、覚えがないな」

うっふっふ
と汀女が笑い、

「女房の含み笑いほど怖いものはないと思いませんか、神守様」

「おりゅうさん、姉様とふたりでそれがしを脅（おど）したところで、なにも出ぬぞ」

幹次郎が答えたところに仙右衛門が姿を見せた。

「番方、なにか出来致しましたかな」

幹次郎が尋ねた。

「昨夜、別れてから刺客に襲われなすったそうな」

「おや、ご存じか」

「汀女先生がな、神守様が塗笠を斬り割られ、小袖を裂かれて戻ってこられたと会所に届けられたのでございますよ。となると、どう考えてもわっしと別れたあとの話、土手八丁で待ち受けていた者がいたとしか考えられません」

「そういうことなのだ」

おりゅうが後片づけを済ませて、

「神守様、汀女先生、毎度有難うございます」

長屋からそそくさと姿を消した。

吉原会所の番方仙右衛門は、吉原に出入りの仕事人にとって、けっこう煩い存在だった。幹次郎や汀女と話すようにはいかないのだろう。

「仙右衛門さん、朝餉は済ませなさったか」

汀女が尋ねた。

「わっしは神守様にそのような災難が降りかかっていようなんて知らないものだから、家に戻るとお芳の寝息を聞きながら、ことんと眠り込んでしまいました。朝はいつものように目を覚まして、相庵先生と三人して朝飯を食しましたよ。神守様はまだでしたか」

「番方を待たせてすまぬが、朝餉を食してよいか」

「ご遠慮なく。昨日は長い一日にございましたからな、その上、最後に刺客の待ち伏せなんて堪ったもんじゃございませんよ。朝飯くらい十分に摂らないと、万が一のときに力が出ませんぜ」

と応じる仙右衛門に、汀女が茶と海苔を巻いた餅を供した。

「おや、海苔餅はわっしの大好物だ」

嬉しそうに仙右衛門が笑い、汀女に礼を述べた。続いて幹次郎の膳が運ばれてきた。

鯖の焼き物に大根おろし、里芋と人参と昆布に三つ葉を散らした雑煮だった。

「これは美味そうな」

幹次郎は合掌すると箸を取り上げた。

「神守様、刺客に見覚えがございますかえ」

海苔を巻いた餅を摘んだ仙右衛門が尋ねた。

「幹どの、そなたは朝餉をしっかりと食してください。最前、私が聞いた話を番方に致しますでな、言い足りぬところはあとで補いなされ」

汀女が幹次郎の傍らで座して給仕をしながら、昨夜の出来事を亭主の代わりに告げた。そして、幹次郎を、言い足りぬところはあるかという顔で見た。

「姉様、完璧じゃぞ。姉様は土手八丁にいてあの様子を見ていたようだ」

と幹次郎が笑った。

「風体などは分からないのでございますな」

「不覚にも相手がわが背に詰めるまで気づかなかったのだ。あと寸毫遅れていたらお陀仏であったな」

「昨日はほんとうに長い一日にございましたからな。神守様の心配りがいつもと違っていたとしても不思議はございません」

「言い訳にもならぬ。土手を転がりながら、一瞬黒い影が走り去るのを見ただけだ」

「当然、侍にございますな」

「それも手練れと見た」

汀女が斬り割られた塗笠を仙右衛門に見せた。それを受け取った仙右衛門が仔細に切り口を調べ、

「咄嗟に投げた神守様も凄いが、飛んでくる塗笠をかように斬り割る相手も恐ろしい遣い手にございますな」

もし笠を無視して幹次郎へと間合を詰め、背を斬り割ったとしたら、幹次郎は朝餉を食するどころではなかったろう。

「相手は神守様の腕前を確かめようとしたのか、それとも本気で斬る気で襲ったか」

「間違いなくあとの解釈じゃな。斬られなかったのはそれがしが咄嗟の判断で前方に走ったからじゃ。そして、土手へと身を投げ、河原に転がり落ちたからにござる」

ふうっ
と大きな息を仙右衛門が吐いた。

「そやつ、ふたたび神守様を襲いますかな」

「その前にあやつの正体を知らねばなるまい」

ふたりの頭の中に花邨の足抜を手伝った宗形宣三郎の名があった。だが、全く確証のない思いつきだった。

「神守様、『世相あれこれ』が今朝方から売り出されました。河原谷元八郎が、そいつを読んで呉服町北新道の読売屋を訪れるのは、早くて今日の昼下がりでございましょう。小頭の長吉が読売屋の使用人の体ですでに入り込んでおります。

なんぞあちらから連絡が入れば、わっしらにも一報が入ります」

首肯した幹次郎が、

「湯屋で足抜騒ぎが読売に載っておると小三郎という隠居に聞いたが、この読売は『世相あれこれ』かな」

「それが『世相あれこれ』の競争相手の読売屋でしてね。どこから漏れたか、うちも三浦屋もえらい迷惑ですよ」

仙右衛門が憮然として言った。

「本日われらは、花郁のほうに専念じゃな」

「へえ。政吉船頭を牡丹屋に待たせてございます。たしかな手掛かりとは言えませんが、五ツ目之渡し場に行きませぬか」

「そうだな、花郁の体を考えると須崎村からそう遠くに運ばれたわけではあるまい。意外と当たっているやもしれぬ、参ろう」

幹次郎は膳を片寄せて茶を喫し、外着に着替えることにした。

すべて汀女が仕度していてくれた。本日は着流しではなく、絣に袴を着け、大小を差して武家屋敷の奉公人のような形だ。吉原会所の裏同心という陰仕事だ。毎日同じ形ではなく、違うものを汀女が用意してくれた。

塗笠が斬り割られたので菅笠を手にして、

「番方、お待たせ申した」

と声をかけた。

「汀女先生、今晩はわっしがこちらまで神守様を送ってきます。もっともわっしがいてもさほどの役に立つとは思いませんがね」

仙右衛門が苦笑いし、

「番方もこれまでと違い、大事なおかみさんがある身です。幹どのを案じるよりわが身を守ること専一に願いましょう」

ふたりの男を汀女が切り火で送り出した。

二

大川の水流を通して本所を東西一直線に掘削された運河の竪川は、全長およそ一里八丁(約四千八百メートル)、川幅二十間(約三十六・四メートル)、水深一丈四尺(約四・二メートル)あった。

開削完了後、大川から一ツ目之橋、二ツ目之橋と順に数を追って六ツ目之橋まで架けられた。だが、五ツ目之橋と六ツ目之橋は、貞享元年（一六八四）に船渡しに変わった。

渡し場の名は、橋の名にちなんで五之橋渡しとか、五ツ目之渡しとか、近くに五百羅漢寺があるので羅漢渡しなどと呼ばれる。

渡し場の南岸は、亀戸出村、深川古元町に当たり、北側の深川北松代町四丁目と中之郷五之橋町のふたつの町と向き合っていた。

出羽亀田藩岩城家の下屋敷は、近江仁正寺藩市橋家の東隣にあった。南側は短冊形の町屋だが、東と北の二方を亀戸村と接していた。

江戸市中を遠く離れ、それも深川本所の東外れに立地し、夜になると寂しかった。だが、春うららの昼間は長閑な風景が広がっていた。

今日も政吉船頭に供を願って、猪牙舟を五ツ目之渡し場の北側に着けた。

「いつ来てもこの界隈はのんびりしてますな」

片手をかざして日差しを避けた仙右衛門が、

「父つぁん、待っててくれるか」

と言い残し、幹次郎を連れて河岸道に上がった。

初夏を思わせるぽかぽかとした陽気だった。

そろそろ梅の季節は終わり、桜の時候がやってくる。

渡し場には船を待つ担ぎ商いと土地の女がいるくらいで、人影が少なかった。その代わり、飼い犬か野良犬か知らぬが、五、六匹が日向ぼっこしながら眠り込んでいた。

「どうしたものでござろうな」

幹次郎はどこから探索の糸口をつけてよいか、仙右衛門に尋ねた。

「定石通りに町屋の古狸に当たりますか」

仙右衛門は、幹次郎を深川北松代町四丁目の町役人が控える番屋に連れていった。さすがは吉原会所の生え抜きだ、この界隈にも手蔓を持っていると思えた。

中之郷五之橋町と向き合う形で角に小さな番屋があって、年寄りがふたりして煙草を吸ったり、茶を啜ったりしていた。

「都合がいいや。この界隈の長老の揃い踏みだ」

と仙右衛門が、

「いい日和になりましたな」

挨拶しながら敷居を跨ぐと、年寄りのひとりが番方の長半纏を見て、

「吉原の若い衆が在所までなんの用だ」

と訊いたものだ。

「ちょいと知恵を借りに来たのさ」

「吉原会所が知恵を借りたいだと、気味が悪いよ。なんでも訊いてみな、年寄りに隠しごとなんぞねえよ」

「この界隈にさ、浪人者と女が一緒に借家暮らしをしているってところをご存じないか」

「浪人さんが女房と一緒に暮らしているのが知りたいのだと」

「心当たりがあるかえ」

「ないこともない。こっち側にふた組、そのうち竪川の南には、羅漢寺の裏手に手習い塾をやっている浪人夫婦が住んでいるがね」

「手習い塾ですと。そりゃ、昨日今日の話じゃないね」

「ああ、村脇様は二十年来の寺子屋だ」

「父つぁん、わっしらが捜しているのは若い侍と歩けないほどの病の若い女だ。それも昨日今日のことだ」

「なんだえ、吉原会所が捜しているというのは読売が書き立てた足抜した女郎のことか」

「もうこの界隈にも話が伝わってますかえ」

「五ツ目之渡し場から江戸に出向く人はいるでな。半日遅れで諸々の噂話は伝わるよ。もっともそれが真実かどうかは当てにならないがね」

「隠しようもないな」

「今ごろ、その足抜したふたり、江戸を離れているんじゃないか。竪川筋に隠れ潜んでいるってことはあるまいよ」

「もうひと組の浪人夫婦も若くはないか」

「孫もいそうな浪人さんだ」

と応じた年寄りが、

「この界隈にいりゃ、直ぐにわっしらの耳に入るよ」

とふたりの探索をあざ笑うように言った。

「そうか、手間を取らせてすまなかった」

「わっしらは一日暇を持て余しているんだ。なにかあれば教えてやりたいが、どうにもな」

「いいってことよ」

と応じた仙右衛門が、

「そうだ、五之橋町には大名家の下屋敷があったな」

「近江の市橋様と亀田の岩城様の下屋敷のことか」

「そうだそうだ、変わりはないかえ」

「両方して田舎小名の下屋敷だぜ。女中衆や中間さんがよ、内職やら畑仕事やらに忙しそうだよ。変わりなんてあるものか」

仙右衛門が礼を述べて、ふたりはふたたび渡し場に戻った。

ちょうど向こう岸から渡し船が着いたところで荷馬一頭と乗合客が数人降りてきた。最後のひとりは、この界隈を縄張りにした風体の薬売りのようだ。背に大きな風呂敷包みを負った男は、頭に白髪が交じり始めた年齢だった。

仙右衛門が薬売りに歩み寄り、

「景気はどうだえ」

と声をかけた。

他の乗合客は船着場から散って姿を消そうとしていた。薬売りが仙右衛門の長半纏の襟を見て、

「吉原会所が竪川筋にのしてくるなんて、なんの用事だね」

「人捜しだ」

「そうか、渡し船で船頭が話していた須崎村から逃げ出した女郎を追っているってわけか」

「悪事千里、噂は速いな」

「とすると見当違いだな。この界隈にお若い男女が逃げてきてみな、たちまち話のタネになるよ」

「おまえさんの名はなんといいなさる」

「越中富山の薬売りの百蔵というのは真っ赤な嘘だ。江戸で仕入れをして、この界隈を根城にしている薬売りだ。越中富山は看板みたいなもんだ」

「わっしは吉原会所の仙右衛門ですよ。なんぞ小耳に挟んだら大門脇の会所に知らせてくれませんかね。足代は必ず払わせてもらいますよ」

「そんときはそうしよう」

かたちばかり返事をした薬売りが亀戸村の方角に消えると、渡し場に人影はなくなった。番屋から年寄りふたりがこちらの様子を窺っているのが唯一の気配だった。

「花邨め、五ツ目之渡し場なんてえさを撒いて、こっちの追跡を攪乱しようと考えましたかね」

「番方、なんとも答えられない。どうやらこたびの足抜の策士は宗形宣三郎のように思えるがな」

「亀田藩の下屋敷に挨拶しておきますか」

「百両をくすねられた藩の下屋敷がなんぞ承知とも思えぬが」

「藁にもすがるってやつですよ。六尺棒を振り回されるかもしれませんが覚悟していてくださいよ」

仙右衛門が言い、竪川の河岸道沿いに東へと下り、町屋に曲がって抜けると、河岸道と平行した通りに近江仁正寺藩一万八千石の市橋家下屋敷と、その隣に亀田藩岩城家の下屋敷の門が並んで見えた。どちらも表門は閉じられ、通用口だけが開いていた。

「御免なさいよ」

仙右衛門が通用口を跨いだ。すると表門が閉じられた内側で、門番が箒を持って所在なげに立っていた。

「何用か」

「へえ、わっしらは吉原会所の者にございますが、変わりはございませんか」

「吉原会所が当家とどのような関わりがあるというのだ」

「いえ、それならばいいんですがね」

「魂胆がありそうな口ぶりだな、申してみよ」

門番は退屈の虫を封じる訪問者と思ったか、食いついてきた。

「以前、ご当家の宗形宣三郎様にお世話になりましたのでね。近くまで来ましたのでご挨拶にと思いついたのでございますよ」

「宗形どのとは勘定方の者か」

門脇の長屋から下士分と思える者が姿を見せて訊いた。長屋で仙右衛門と門番のやり取りを聞いていたらしい。

「いかにもさようでございます」

「宗形どのは上屋敷におられる。こちらには関わりがない」

「おや、そうでしたか。なんでも、ときにこちらにおられることがあると聞いたものですからね」

「だれがそのようなことを言うたか」

塗りの剝げた脇差を差した男が尋ね返したが、格別に思惑があってのこととも思えない。どうやら下屋敷には宗形宣三郎が引き起こした騒ぎは伝わっていないらしい。

「いえ、ご用人の湯田様からそのような話を聞いたのでございますよ」

「そのほう、湯田様を承知か。上屋敷の用人様は、ときに吉原の門を潜られることもあるのか」

「いえね、滅多にはございませんがね、御留守居役様やご用人様は、詰めの間の大名家同士交わりがございまして、普請申し付けの沙汰などをいち早く知る要がございますでな、吉原で集まりが催されることが間々ございます。遊びというより御用にございますよ」

「そうであったとしても下屋敷にはそのような話すら間違っても舞い込まぬ」

と下士がぼやいた。

「とすると宗形様がこちらに姿を見せられることはないのでございますな」

「一、二度、帳面調べに参られただけだ。ふだんは小石川御門内の上屋敷におられる」

「さようでございましたか、お邪魔致しましたな」

仙右衛門と幹次郎は、通用口から表に出た。

「神守様、どうやらわっしらは花邨のひと言に拘り過ぎたようでございますな。吉原に戻り、出直しませぬか」

「花邨が五ツ目之渡しはどこかと尋ねた馴染客はだれであったかな」

「たしか七代目は、砂船の親方船頭とは言われませんでしたか。ですが、名は言われなかったように思う」

「番方、この砂船の船頭に会うてみませんか。われらは七代目の又聞きの話だけで動いて、花邨が直に問うた親方船頭に会うておらぬ。こたびのことは手掛かりが少ないゆえ、無駄を承知で、花邨の客に直に会い、話を聞くのもひとつの手ではなかろうか」

「よし、いったん吉原に戻りますか」

ふたりは五ツ目之渡し場に戻った。すると政吉が渡し船の船頭と笑いながら話をしていた。

「父つぁん、待たせたな」

「用足しは終わりましたかえ」

「無駄であった、出直しだ。吉原に戻ろうと思う」

「ならば乗りなされ」

川幅二十間の竪川で猪牙舟の方向が転じられ、大川へと向き直された。

「番方、花邨に振り回されているようだな」

「父つぁんは花邨を承知か」

「三浦屋の抱えだってな、名は承知だが拝顔したことはねえな。そりゃ、名くらい知ってなけりゃ、牡丹屋の船頭は務まるまいよ」

船宿牡丹屋は吉原会所の御用達だ。互いが助け合う間柄で、先年の大火で吉原が焼失したとき、牡丹屋に吉原会所は間借りして仮宅営業の妓楼を見廻ってきた。それほどの仲だった。

「番方、花邨の馴染客のひとりを承知なんだよ。それで女郎の名を聞かされたというわけだ」

「父つぁん、だれだえ、客というのは」

「砂利場の七助親方さ」

「砂船の親方船頭と七助親方は一緒の御仁かねえ」

「おや、番方もおれの昔仲間を承知か。いかにも砂船の親方とも呼ばれているよ。昔は船を自ら漕いでさ、庭用の砂利やら普請場の地固めの砂利やらを運んでいたんでそう呼ばれるのだ」

「手間が省けた」

仙右衛門が応じて事情を説明し、

「どこに行けば、砂利場の親方に会えるね」

と訊いた。

「たしかに手間が省けたな。吉原に戻っていたら二度手間だったよ。あとは任せな」

と応じた政吉の櫓を漕ぐ手に力が入った。

「父つぁんと砂利場の親方は同じ歳かね」

「ああ、お互い五十路を越えて孫がいる歳だ。だがな、七助親方のかみさんは二十年以上も前に流行病で亡くなり、男手ひとつで倅二人に娘三人を立派に育て上げた。それも砂利商いの仕事を大きくしながらの忙しい合間にだぜ、だれにでもできるこっちゃない」

「二度目のかみさんはもらわなかったか」

「商いと子育てのふたつに熱を入れてな。もう嫁はいいいと、若いころさんざ悪さをしてきた七助が宗旨替えだ」

「その七助の父つぁんが花郎に入れ上げたか」

「まさかそんな女郎と知らないからよ。おれもさんざ焚きつけて花郎を落籍ないか、もう子供たちも分かってくれようなどと言ったものだ」

「七助親方が花郤に惚れたきっかけはなんだえ」

「仕事仲間と三浦屋に上がったのが一年も前のことかね。七助が明け方、牡丹屋に訪ねてきてさ、おれを送っていけと言いやがった。その折りが花郤との初会だったと思うよ。死んだかみさんと花郤の顔立ちがそっくりなんだと。商いやら子育てやらで二十年必死に生きてきた親方がさ、五十路を過ぎて出会った女郎が花郤だったんだ」

「それから親方は花郤にぞっこんに惚れ込んだか」

「十日に一度は三浦屋に上がっていたと思うよ。照れくさいのか、馴染になったあとはこの政吉にあんまり声はかからなかったがね」

猪牙舟は、横十間川（よこじっけんがわ）を越えて、横川（よこかわ）を前にしていた。

政吉は舟を竪川から横川へと入れて材木置き場に向けて進んでいった。

「親方は落籍す気でいたのだろうか」

「五十路を過ぎて二十歳過ぎの遊女に惚れたんだ。金はある、振新のひとりやふたり落籍すのはそう難しいことじゃあるまい」

「だが、そんな話は四郎左衛門の旦那はなにも言われなかった。ということは七助親方、世間体を気にしたか、倅や娘を思ったか」

「さあてな」

と政吉が首を捻り、

「若いころの七助は、向こう見ずの七助と言われた男だ。その気になったら即座に動くはずだがな。ともかく三浦屋に話を持ち込むならば、その前におれに相談があってもいいじゃないか。おれが吉原会所と親しいのは七助親方も知っているんだ」

猪牙舟は、南辻橋、菊川橋、猿江橋、扇橋と潜って、深川島崎町の間に口を開けた運河に曲がった。

「七助の親方の砂利場がこの先の三好町にあってね、親父の跡を継いだときは、鉄砲洲河岸で小さな商いだったがね、あいつ一代で砂利場の大親方に化けちまった。砂利なんて地味な商いだが、ピンキリで大変な実入りがあるらしいよ。こちとらは、若いころから船頭一筋といえばかっこもつくが、なんとか生きてきただけだ。七助の才覚がいささか羨ましい」

政吉父つぁんが呟いた。

「三好町の砂利場にはふたりの倅が親父を手伝って働いているはずだ」

「父つぁん、倅さん方の前でこの話はしないほうがいいかね」

「若いころの気性ならば、あいつのことだ、おかみさんにさえ女郎の話をしたかもしれないが、孫のいる歳だ。言ってねえかもしれないな」

「どうしたものか」

「よし、おれがさ、七助親方のところに行ってさ、呼び出してこよう」

「そう願えますかえ」

猪牙舟が富島橋の北詰、深川三好町の河岸に近づくと何艘もの砂利船が泊まっていて、庭に敷く錆砂利を積み込んでいた。これを見ただけで七助親方の商いが盛大なことが分かった。

舫い綱を打った政吉がふたりを舟に残して上がっていった。

「番方、こたびの一件でようやく光が感じられたとは思わぬか」

「わっしも政吉父つぁんの知り合いと聞いたときから、こりゃ、いけると思いましたよ」

仙右衛門も幹次郎の考えに賛意を示した。

三

ふたりが船着場で待っていると、まるで夏の日盛りの下で咲く立葵（たちあおい）の花のような娘が河岸道に姿を見せて、堀を見下ろした。そして、

「会所の人っておまえ様方ですか」

と声をかけてきた。

「いかにもわれらにござるが」

「お父つぁんが呼んでいるわ」

どうやら砂利場の七助親方の娘らしい。年齢は二十歳をふたつ三つ過ぎたと思えたが、元気はつらつとした体に十七、八のような生気と力強さが漲（みなぎ）っていた。

「おまえさんは七助親方の娘さんだね」

仙右衛門が確かめると、番方に眼差しを向けた娘が、

「はーい。私は七助の末娘のくまですけど」

と答えたものだ。おくまはいるだけでその場を明るくする雰囲気を持っていて、言葉遣いも弾（はず）むようだ。

おくまの言葉を聞いて幹次郎と仙右衛門が舟を下りて段々を上がると、竹垣の向こうに砂利場の様子が見えた。

かなり広い敷地に川砂各種がいくつもの小山に盛り上げられてあった。その小山のいくつかには客がいて、四角の中に「七」と染め出された法被を着た奉公人がてきぱきと応対していた。

「材木場の中にかような砂利場があるとは考えもしなかった。なかなかの盛況にござるな」

「なにやかやいっても江戸は広いし、屋敷や御寮を新築する人が多いの。うちの砂利はあちらこちらから選りすぐりの川砂や湖の砂を集めているから、それなりに客は多いのよ。もっとも九尺二間の棟割り長屋の普請には関わりはないけどね」

おくまは幹次郎の問いに威勢よく説明し、

「ほら、大屋根があるでしょ、あそこには京から運ばれてきた聚楽土やら青梅産の石灰があるの」

「土から石灰まで扱われるかえ。なかなか手広いな。親父様一代でこれだけの商いに広げられたそうだが、凄腕だな」

仙右衛門は感心した。

「物心ついたときから見てきたのは、働き続けのお父つぁんの姿よ。朝も晩もどんなときだって、じいっとしていたことがないの」

「おくまさんはおっ母さんのことを覚えているかえ」

「私が一歳になるかならないかで死んだんだもの。覚えてなんかないわ」

「親父様はそなたらの母親代わりも務められたようだな」

幹次郎が訊いた。

「そういうこと」

おくまはふたりを敷地の中に案内していった。すると派手な打掛のようなどてらを着た坊主頭の親方が政吉と立ち話をしていた。おくまの父親らしく大きな男で、春の日差しに剃り上げた頭が光っていた。

「政吉おじさんは、お父つぁんが好きで通っていた女郎さんのことで来たのよね」

「おや、親父さんの吉原通いを承知していたか」

「兄さん方も私ら娘も知っていたわよ。だけど、和一郎兄さんの考えで知らないふりを通してきたの。ここんところお父つぁんの元気がないけど、どうしたの。

女郎さん、だれかに身請けされたの」

「そうか、知っておったか」

幹次郎がぽつんと呟いた。

「知らないと思っているのはお父つぁんだけよ」

と答えたおくまが足を止めて、

「悪い知らせなの、話を聞かせて」

とふたりに迫った。

「親父様が好きで通っていた花邨が足抜したんだ」

仙右衛門は三浦屋の花邨が醬油を呑んでわざと体を壊し、須崎村に療養に行ったところで、出羽国亀田領内で知り合いだった侍に手伝ってもらい、御寮を抜け出した経緯をざっと告げた。

「その折り、三浦屋の男衆ふたりを殺している」

「なんてことなの。だけど、うちにはいないわよ」

「そんなことを尋ねに来たのではない。親父様なら落籍してどこぞに小体な家を持たせるくらい容易くできよう」

頷いたおくまが自問するように呟いた。

「なんでその女の人、そんなことをしたんだろう」

「その侍と国許を出る前から示し合わせてきたことのようだ。親父様が惚れる相手ではなかったということよ。花邨のいた妓楼の三浦屋は吉原切っての大楼で、旦那も女将さんも話の分かる人たちだ。それに今を盛りの薄墨、高尾の二太夫を抱えて景気もいい。正直、わっしらも花邨の気持ちを摑みかねているところさ。だから、こちらに知恵を借りに来た」

「お父つぁんたら、なぜそんな女郎さんに惚れたのかしら。砂利場の親方といえば海千山千（うみせんやません）の商売人なのよ。私と年恰好（としかっこう）が変わらない女郎さんに騙されるなんて、不思議よね」

「亡くなられたおかみさんに面影（おもかげ）が似ていたそうな。親父様が政吉船頭に漏らしたそうだがね」

「えっ、そんな」

おくまの顔が複雑な表情に変わった。

「お父つぁんたら、未だおっ母さんのことが忘れられないのね」

「そういうことだ。おめえさん方を立派に育て上げたところで、花邨に出会った。どこに亡くなったおかみさんの面影を見たかねえ」

仙右衛門が呟いた。

「そんなお父つぁんを手玉に取った女郎さんは許せないわ。捕まえて」

「親父様にこうして会いに来たのはそのためだ」

仙右衛門が答えて政吉と七助が話し合う場に足を向けた。だが、おくまはその場に残り、幹次郎も留まった。

「吉原の女郎さんって、そんな人ばかりなの」

「おくまさん、吉原とて世間と変わりがあるわけもない。松の位の太夫ともなると美しさだけではない。見識も人柄も兼ね備えた女衆でなければ務まらぬ。文芸技芸歌舞音曲に詳しく、それでいてそれをひけらかすようなことはない」

幹次郎は念頭に薄墨太夫のことを置いておくまに告げた。

「私には分からない生き方だわ」

「おくまさん、だれも好きで吉原に入った者はおらぬ。一人ひとりの女子に身売りせねばならない事情があるのだ」

「そうかもしれないけど」

幹次郎はふと思いついて、同じ三浦屋の朋輩女郎の萩野と念願の夢を叶えてやった小僧の竹松のことを話した。

「まあ、吉原の女郎さんでそんな気持ちのいい人がいるの。私ったら吉原のことを思い違いしていたかもしれないな」

「花郎も萩野も同じ三浦屋の振袖新造という遊女だ」

「竹松さんはどうしているの」

「小僧から見習いの料理人に引き立てられ、親方に厳しく魚のさばき方を教わっているところだ」

ふっふっふ、と笑ったおくまが、

「どうやら竹松さんの筆おろしに、あら、私としたことが、男ばかりの仕事場にいると耳年増になるの。竹松さんの願いが叶うようにお侍さんたちが手伝ったのね」

「それがしの行きつけの煮売り酒場の小僧だからな」

「お父つぁんも萩野さんのような女郎さんに当たるとよかったのにね。なんで人を殺してまで足抜するような女郎さんに惚れちまったんだろう。顔はおっ母さんと少しばかり似ていたかもしれないけど、その女、おっ母さんの代わりなんて務まらない」

「いかにもさようだ」

幹次郎の答えにおくまがしばらく沈黙していた。その目は帳場の前で話す父親と政吉、それに仙右衛門の三人を見つめていた。

「お父つぁんが組合の寄合で吉原に行ったのは一年も前のことよね」

「政吉船頭はそう覚えておる」

頷いたおくまがなにかを思案するように黙り込んだ。

幹次郎はおくまの迷いを知りながら問おうとはしなかった。

「吉原会所ってなにをするところ、足抜した女郎さんを追いかけてまた吉原に連れ戻す仕事なの」

おくまが不意に話柄を変えた。

「それも役目のひとつにござる。じゃが、遊女を吉原に縛りつけるだけが役目ではない。ときに遊女の身を守り、女郎衆の憂さを晴らすのも仕事のひとつじゃ。なにしろ二万七百余坪の限られた塀の中に遊女三千人がいて、毎日毎晩男衆が遊びに来る。当然愛憎にからんで揉めごとや心中沙汰が起こる、それを鎮めるのがわれらの務めにござるよ」

ふーん、と返事をしたおくまが、

「名前はなんというの」

「それがしか、神守幹次郎じゃが」

「会所に神守様のようなお侍がいるんだ」

「西国のさる大名家の下士であったそれがしは、人妻になった幼馴染の手を引いて藩を逐電し、討ち手に追われて死の淵を彷徨した。そして、何年かのちに吉原に辿りつき、会所に救われて、姉様とそれがしは会所に身を捧げることになったのだ」

「まあ、神守様ったらなかなかやるわね。要は大名家からの足抜をやったのよね」

「そうか、それがしと姉様は大名家からの足抜をなした不届き者か」

「姉様っておかみさんのこと」

「年上じゃによって、子供のころから姉様と呼んできたのだ。名は汀女。ただ今、吉原の遊女衆に字を書くことを教え、文を書く指導をしたり、和歌俳諧を教えたりしておる」

「吉原ってそんなところなんだ」

「どのようなところと思うたな」

「男たちが話しているのを聞いても、ちっとも想像がつかないわ。でも、神守様のおかみさんに会ってみたいな」

　初めて会った娘が言い出した。母親の顔も知らぬおくまは汀女になんとなく母親像を重ねたか。そのおくまが不意に話を元に戻した。

「神守様、お父つぁんがね、足抜した女の人にお金を使っているかもしれないと思うの」

「吉原というところ、それなりに金がかかるでな。親父様は政吉どのの話では十日に一度ほどの割で花邨のところに通われたようだ。ゆえにそれなりの金子は費消していよう」

「そうじゃないの」

おくまが父親たちが話す帳場前を見た。どうやら向こうは話が終わる様子だ。だが、政吉は七助親方になにか問いかけていた。

「お父つぁんの手伝いを兄さん二人がして、女では末娘の私が帳場を見るの。だって姉ちゃんふたりは嫁入りして外に出たもの。うちの帳付けからなにからすべて見るのは私なの」

　幹次郎はおくまの話すがままにしていた。

「吉原の楼に一度上がればどれほどの金子が要るか知らないけど、お父つぁんのふだんの小遣いで足りたと思うわ。それとは違う金子が半年ほど前、出ている。私が知らない使い道のね」

「いくらかな」

「五十二両二分」

「ほう、大金じゃな。その金子が花邨に渡ったと思われるか」

「違う。お父つぁんは、亀戸村の梅屋敷近くに家を一軒買ったのよ」

「花邨のためか」

「その他に思いつく人がいないもの」

臥龍梅で有名な亀戸村の梅屋敷は、百姓喜右衛門の持ち物だ。花邨こと酒井田きぬが七助親方に漏らした、

「五ツ目之渡し」

を北へ半里（約二キロ）足らず行ったところだ。

「おくまどの、どうしてそのことを知ったな」

「お父つぁんは金銭とか書付には無頓着なの。家を探す折りに自分で書いた覚え書を私に渡したんだけど、その中に梅屋敷界隈の切絵図と家の間取りと値が記してあったの。それが今、神守様との話で浮かび上がってきた」

「なんとのう」

「神守様、娘の私がこんなことまで承知ということをお父つぁんには知ってほしくないわ。私も男たちの気持ちにまで立ち入りたくないんだけど、商いから給金の出し入れまでひとりでやると、おかしなもので、金の動きだけでなく男たちの心の動きまで教えてくれるの」

「相分かった。そなたが教えてくれたことは親父様に伝わらないように致す」

「お願い」

と言ったところに三人の男たちが幹次郎とおくまのところに姿を見せた。

「おくま、神守様と話が弾んだようだな」

「お父つぁん、こんど吉原に行くことにしたわ」

「なんだと、女郎にでもなるつもりか」

「迷惑なの」

「おめえみたいな男まさりに遊女が務まるものか」

七助親方がどこか案じ顔で言った。

「親方、お職を張る女郎は、美形でなよっとした女じゃないんでござんすよ。明るくて人柄気立てがよい女のほうが客の受けがいい」

「高尾も薄墨もそんな風か」

「太夫に昇り詰めるにはもうふたつ三つ、条件が要る。ともかくおくまさんが吉原に来たら人気者になりましょうな」

「ほれ、見て。お父つぁんには見る目がないの」

「おめえ、本気か。この砂利場の勘定方はどうするよ」

「馬鹿ね、本気にしているわ。私が吉原に行くと言ったのは、神守様のおかみさんの汀女先生に会いに行くの」

「なんだ、そういうことか」

七助親方が胸を撫で下ろし、

「昔の仲間の政吉親父の口利きだが、役に立てなくて悪いな」

と仙右衛門に謝った。


七助親方の砂利場の船着場を離れた猪牙舟は、木場に向かって堀を南に進んだ。

幹次郎が砂利場を振り向くと、坊主頭の父親と娘が並んで手を振った。

「おくまと話が弾んだようですな」

と政吉が幹次郎に笑いかけた。

「気立てのよい娘御(むすめご)だ。親父様が好きでたまらぬのでござろうな」

「上の兄姉(きょうだい)と違い、おくまだけが母親の顔を知りませんでね、七助親方も目に入れても痛くねえほど可愛がって育て上げた娘だ」

「で、あろうな」

と幹次郎が同意し、

「番方、親方からなにか話が聞けたかな」

「それが今ひとつでしてね。七助親方は花郁のことはよう喋るのだが、肝心なことは話さないのか、知らないのか」

「七助のことだ。花郁のいいところばかり見てよ、真の正体を見てなかったのじゃないかえ」

と政吉船頭が言った。

「そうかね」

「番方もおれらの歳になれば分かることよ。若い女なんぞもはや関わりがないと思ったところに、ぽこんとそれが現われてみな。いい風にいい風に思い込んでさ、花郁が陰でなにを考えているのか、見落としたんだね。年寄りの弱みよ」

深川吉永町(よしながちょう)の材木置き場の間を縫う水路の前方に青海橋(あおみばし)が見えてきた。その先で別の水路とぶつかり、向こうに広大な木場が広がっていた。

幹次郎は今いちど後ろを振り向いた。だが、もはや七助とおくま父子の姿は見えなかった。

「政吉どの、次を左に曲がって横川に戻ってくれぬか」

へえ、と政吉船頭が答え、

「どこぞ、当てがございますか」

と仙右衛門が訊いた。

「亀戸村に有名な梅屋敷があるそうな。梅の季節も終わりに近いが訪ねてみたいと思うたのだ。番方、行かぬか」

「梅屋敷の臥龍梅見物ね、八方塞がりのときは気持ちをよそに向けて、花鳥風月に心を致すのもよいことかもしれませんな」

仙右衛門が幹次郎の提案を受けた。

「それにしてもおくまさんは父親想いのよい娘御だ」

仙右衛門が幹次郎をちらりと見た。

「政吉どの、これからの話はここだけに留めてくれませんかな」

「神守様、おれも吉原会所とは長い付き合いだ。喋っちゃならないことはだれにも話しませんよ」

首肯した幹次郎はおくまが漏らしてくれた父親の秘密を告げた。

話を聞き終わってもふたりは黙っていたが、

「おくまはたしかにいい娘に違いねえ。だが、同時に親父の商いを手伝い、商人や職人相手に丁々発止やり合ってきた娘だ、そう容易く初対面の者を信用しないはずだが、そんな娘の心を開かせる何かを神守幹次郎という人はお持ちなんでございますね」

と政吉が呟き、仙右衛門が大きく頷いた。

猪牙舟は横川へと入っていき、方向を北に変えた。

四

江戸近郊で梅屋敷と知られたものは、歌川広重が「名所江戸百景」に描いた蒲田の梅屋敷だろう。蒲田村久三郎の家で和中散と称する薬を販売すると同時に敷地に、

「梅樹二三百株植ならべ、早春のころは梅見によし、庭の真ん中に長き泉水あり

杜若夥し」と『遊歴雑記』に記されるほどだ。

亀戸村の梅屋敷も臥龍梅が有名で、百姓喜右衛門は季節になると訪れる梅見客に敷地を開放した。

砂利場の七助親方が三浦屋の遊女花邨のために買ったという家は、たしかに梅屋敷の東側に連なる梅林の中にひっそりとあった。竹垣を巡らし、板屋根の門があって、外からは小体の家は窺い知れなかった。

だが、近所の人の話では夜になると、灯りがちらちらと見えることもあるという。下男下女はいるふうはないというから、須崎村の三浦屋の御寮から抜け出した花邨と手引きした宗形宣三郎がひっそりと隠れていることも考えられた。

そのことを探った仙右衛門と幹次郎は、政吉船頭を吉原に走らせて会所と三浦屋に告げ知らせた。

三浦屋の若い衆ふたりを殺した宗形が花邨の世話をしていることは容易に想像された。この家で体の回復を待ち、江戸を離れる気だろうか。

ふたりは梅屋敷の主に許しを願って、納屋の中から隣家を見張ることにした。

梅屋敷の奉公人は、

「江戸の粋人が建てた家ですがね、家運が傾いて売りに出したとか。長いこと売れなかったようですが、どうやら買い手がついたそうな。それでもだれも住む気配はない。ところがこの二、三日、人の気配がするところをみると留守番かね」

仙右衛門らに告げたものだ。

買い手というのが砂利場の七助親方だった。だが、このことを親方は番方に隠していた。

梅屋敷から隠れ家は梅林の向こうにちらりと見えるだけだ。ふたりがこの隠れ家を捜し当てて二刻(四時間)が過ぎたが、人影を見ることはなかった。

だが、夕暮れが近くなると灯りが点ったのが窺えた。

「やはり家の中に人がいるようですな」

仙右衛門が呟き、

「七助の親方、花邨に未練があったんですね」

「政吉船頭も言われたが、老いらくの恋はわれらには未だ窺い知れぬほど切ないものかもしれぬ。花邨の正体を番方に聞かされても、宗形なる昔からの想い人がいることを告げられても、花邨が生きることを親方は望まれたようだ」

「花邨がこの家を足抜の隠れ家にすることを親方は考えておられたのでしょうか

ね」

「心の中でそう承知しておられたと思う。ゆえに花郎に、密かに買い求めた家の在り処を告げていた」

「砂利場の親方がわっしに言い切れなかったことですね」

「番方、間違いござらぬ。じゃが、おくまさんの父親孝行に免じて、この際、親方の気持ちを忖度するのはやめてくれぬか」

仙右衛門が頷き、言った。

「七代目も三浦屋の旦那もそれは望まれますまい」

春の宵が深まった頃合い、北十間川に船が二艘着いた。

吉原会所の船と面番所の村崎季光同心らが乗る御用船だ。御用船には出羽亀田藩の目付大内胤五郎とふたりの若い家臣が同乗していた。

政吉が梅屋敷の納屋に一同を案内してきて、踏み込みの相談が始まった。

納屋の中には行灯が点され、この界隈の人々への訊き込みで知った隠れ家の絵図面が広げられていた。仙右衛門が即席で描いた絵図面で一同がまず隠れ家の配置や間取りを確かめた。

家は、畳座敷が三間、板張りの台所と湯殿と厠、東には縁側もあるという。

梅屋敷側に台所があって、薄く炊煙が上がっていた。

「花邨と宗形宣三郎の姿を未だ確かめたわけではございません。わっしと神守様がまず確かめたいと思いますが、この件、いかがにございますな」

と番方が提案した。すると花邨の楼主の四郎左衛門が頷き、亀田藩の大内目付も首肯した。珍しく面番所の村崎季光は沈黙を守っていた。三浦屋の大旦那から、なにか釘を刺されたか。

絵図面上で陣立ての配置が決まったとき、隠れ家を見張っていた金次が、

「人影が見えました、男です」

と言った。

仙右衛門と大内目付らが納屋の格子窓から覗き、

「いささか遠目で暗いが、あの細身、宗形宣三郎にまず間違いなかろう」

と人影が宗形であることを大内が認めた。

宗形と思しき人物は井戸端で釣瓶を使って水を汲み上げ、洗い物をしている気配があった。

大内が舌打ちして、

「家中の調べで、酒井田きぬの父親と宗形宣三郎の父親義太郎が知り合いである

ことが判明した。釣り仲間であり、碁仲間でもあったそうな。そんなわけで宗形ときぬは幼いころからお互いを承知していたのだ。宗形宣三郎の父親が四年前に病で亡くなり、勘定方の職と家督を宣三郎が継いだ。一方……」

と吉原会所の四郎兵衛が女衒の彦六が明かした、酒井田きぬの父親のふしだらの内容を告げた。田舎博奕に狂って娘を彦六に売る羽目になったことをだ。さらに、

「……酒井田家では、きぬが身売りして借財をちゃらにするしか手がないことが分かったころから、宣三郎ときぬの間に遠大な企てが話し合われるようになったと思える。むろんこれは推測に過ぎぬ」

そう江戸藩邸で取り調べた成果を告げた。その大内が四郎兵衛を見て、

「会所ではこの始末をどうつけるつもりか」

と質した。

四郎兵衛は大内を見て、

「御免色里の吉原で遊女がいちばんしてはならないのが足抜にございましてな。このご法度を犯した女郎は吉原に連れ戻されて、楼を格下げされて目いっぱい働かされることになります」

と答えた。

「酒井田きぬは病の身、体が回復したあとのことだな」

「うちでは扱いに困っております。他の女郎のこともある。示しだけはきちんとつけねばなりません」

三浦屋の主の四郎左衛門が答え、

「亀田藩では宗形宣三郎様にどのような始末を考えておられますな」

「宗形め、朋輩をひとり殺して銭箱から百両をくすねておる」

「さらにはうちの若い衆ふたりを殺めております」

大内目付は答えなかった。

だが、だれもが宗形宣三郎と花邨こと酒井田きぬの末路を脳裏に描いていた。

「ご一統様、人影が家に戻りました」

金次が告げた。

「最前申した通り、神守幹次郎様とわっしが宗形宣三郎と花邨の存在をしっかりと確かめます。それまで面番所、亀田藩家中、動かないでくださいまし」

仙右衛門が釘を刺し、村崎同心も大内目付も頷いた。

「参りましょうか」

仙右衛門が幹次郎に願い、幹次郎は頷くと一同に一礼して梅屋敷の納屋を出た。

ひたひたと、砂利場の七助親方が花邨との暮らしを夢見たであろう隠れ家の門に回った幹次郎と仙右衛門は、閉じられた板戸を押した。だが中から閂が掛けられているのか、びくともしなかった。

「神守様、少しお待ちを」

仙右衛門が竹垣を乗り越え、中に忍び込むと閂を外す音がして、板戸がぎいっと音を立てて開かれた。

幹次郎は門を潜ると、和泉守藤原兼定の鯉口に左手を添えた。

夜気の中に遅咲きの梅の花の香りが混じっていることが分かった。

仙右衛門も胸に右手を突っ込み、匕首の柄を触った。

ふたりして何度もこのようにして死地を潜り抜けてきた仲だ。もはや言葉はいらなかった。

梅林の中に曲がりくねって続く道を仙右衛門が先に立ち、幹次郎が続いた。

表口の格子戸の向こうから淡い光が漏れていた。

男の声がかすかにふたりの耳に届き、女の笑い声がした。

仙右衛門が格子戸を静かに引くと、家の中に緊張が走ったような感じがした。

「宣三郎様、風が」

やはり宗形宣三郎だった。声の主の女はもはや花郡しかあり得なかった。

仙右衛門が草履のまま土間から廊下に飛び上がった。

幹次郎も続いた。

春の宵闇の空気が不意に凍てついた。

仙右衛門がすっと座敷の障子戸を開いた。

三畳間は無人でなんの調度も道具もなかった。さらに襖を開いた。

病間か、布団が敷きのべられ、痩せた顔の女が両目を見開いてこちらを見ていた。化粧ひとつしていなかった。だが、壮絶なほど美しいと幹次郎は思った。

それはどこか死を覚悟した者が醸し出す儚さであり、もろさだった。

仙右衛門は奥の間からそろりと姿を見せた宗形宣三郎を見た。若い侍であった。黒塗りの剣を手に提げていた。だが、幹次郎を一度として見ようとはしなかった。

「きぬ、吉原会所じゃ、神守幹次郎と申す裏同心どのが従っておる」

宣三郎が教え、さらに言った。

「かねての仕度を」

宗形宣三郎の命に花郡こと酒井田きぬが布団の下から懐剣を摑み出すと鞘を払

い、構えて立ち上がった。

「花邨、どうしようってんだ。おめえだって、こんな企てを考えたときから結末は分かっていたはずだぜ」

「番方、生涯高塀に囲まれた吉原で終わりたくはございませんでした」

「それは勝手な言い草だ。吉原には吉原の廓法(くるわほう)ってものがあってな。女郎が大門を大手を振って出られるのは身請けされたときか、年季(ねんき)が無事に明けたときだけだ」

「薄墨様や高尾様は、時折り大門を潜り、吉原の外に出ておられます」

「花邨、三浦屋の飯を三年も食ってきて、松の位の太夫がどれほど主に信頼されているか分からないか。またふたりの太夫は、ただ今の地位に這(は)い上がるために血の滲(にじ)むような努力をなされた。そして、誇りを持って太夫の職に生きておられるのだ。おめえなんぞと比べものになるものか」

花邨の顔が歪(ゆが)んだ。なにか言いかけるのを仙右衛門が制して言った。

「花邨、この家はだれのものだ」

「そんなこと、会所と関わりがないことですよ」

「都合のいいことを言うねえ。おめえの数少ない馴染客、七助親方がおめえといつしょにと夢見た家だ。そいつを使うなら使うで、まずなすべきことがねえかえ。おめえは七助親方の気持ちを少しでも汲んだことがあるか。親方の娘のおくまさんだって、お父つぁんの甲斐性で身請けした女郎ならそれを認めよう、とも考えていなすった。だが、おめえは出羽国亀田領内から吉原に身売りする以前から、この宗形宣三郎と足抜することばかりを考え、機会を窺ってきた。七助親方を騙し、三浦屋を踏みつけにし、なんとも会所を甘くみてくれたようだな。おめえがひと晩に稼ぐ銭の裏には、大勢の人々の陰の支えがあるんだぜ。てめえら、己のことだけを考えて生きようってか、都合がよ過ぎやしねえか。宗形宣三郎、てめえは家中の朋輩を殺して藩金百両をくすね、自ら醬油なんぞを呑みやがって体を壊して御寮に療養に行かされた花邨を連れ出すために、三浦屋の若い衆の命をふたつも奪いやがったな。おめえらの行く道は地獄しかねえよ」

仙右衛門の火を噴くような激しい啖呵だった。

「抜かせ」

宗形宣三郎が言うと、きぬの手を引いた。

「宗形どの、昨夜、土手八丁でそれがしを襲うたな」

宗形が初めて幹次郎と視線を合わせた。

「吉原会所というところに神守幹次郎という名の用心棒がいると、きぬから聞いたでな、津島道場に確かめに参った。大変な腕前だ。それでこの際、始末しておこうと思ったのだ。いささか甘くみたようだ」

「宗形どの、どうなさる気じゃ。番方が言われたようにそなたらの行く手は塞がれておる」

「そなたを斬って逃げてみせる」

幹次郎は病間の外の縁側に出た。後ろは雨戸、座敷と縁側には鴨居があって、刀は大きく使えなかった。だが、それは宗形宣三郎とて同じことだ。

「きぬ、しばし待て」

宗形が花邨の手を離すと、花邨が懐剣を逆手に構えた。

仙右衛門は控えの間の三畳に留まっていた。だが、ただその場の様子を眺めているだけで手出しをしようとはしなかった。

宗形が手に提げていた刀を腰帯に納め、そろりと抜いた。刃渡り二尺一寸三分(約六十四・五センチ)ほどの刀の切っ先を幹次郎の喉に突きつけるように構えた。

「突撃一殺流、見てみようか」

「ほう、それがしの流儀まで承知か」

「この家の外には亀田藩目付大内胤五郎どのと家臣ふたりが待機しておられる」

「なにっ」

宗形宣三郎の顔が初めて絶望の色を漂わせた。

「きぬ、覚悟せよ」

と叫んだ宗形が突きの構えの刀の柄頭を胸元に触れるところまで引きつけ、腰を沈めた。

両目が細められ、幹次郎との間合を見ていた。

幹次郎の左手がようやく鯉口を切って栗形を握った。右手はだらりと体の脇に垂れたままだ。

ふうっ
と宗形は息を吸い、一瞬止めた。

宗形の息遣いを聞きながら、幹次郎の腰がわずかに沈んだ。

気配もなく宗形の細身が前のめりに倒れるように動いて、切っ先が、
ぐいっ
と不動の幹次郎の喉に迫ってきた。

鍔（つば）に掛かった親指が和泉守藤原兼定を押し出し、右手が躍（おど）って柄に手が掛かると抜き上げた。

一瞬の早技だった。

宗形の剣の切っ先が幹次郎の喉に触れんとした瞬間、宗形の胴に冷たい感触が走り、勢いのままに体は幹次郎の横手に流れて雨戸にぶつかり、雨戸二枚と一緒に庭に転がり落ちた。

「眼志流横霞み」

幹次郎の呟きと、

「花邨！」

と叫ぶ仙右衛門の声が重なった。

障子を斬り割った兼定を提げた幹次郎が見ると、両手に持った懐剣を喉に突き立てる花邨がいた。

それは酒井田きぬに残された最後の途だった。

よろめいた花邨は、それでも立ち直り、両手に握る懐剣を最後の力を振り絞ってさらに喉に突き刺すと、
どどっ

と布団の上に崩れ落ちていった。

庭に提灯の灯りが走った。

亀田藩の目付大内胤五郎が宗形の傍らに片膝をつき、生死を確かめ、顔を横に振った。その傍らには宗形の懐から落ちたか、亀田藩江戸屋敷の公金百両の一部が散らばって御用提灯の灯りに光って見えた。

四郎左衛門と四郎兵衛が座敷に入ってきて、死して花邨から酒井田きぬへと戻った骸を見下ろした。

「致し方なき始末にございましたな」

「四郎左衛門様、これしか始末をつける途はございませんでした」

と四郎兵衛が応え、

「小頭、女の骸を浄閑寺に運んでくだされ」

四郎兵衛は、足抜の上に三人の命を奪うことになったきぬを、名で呼ぶこともなく浄閑寺にただ投げ込むように命じた。

義理を欠いた遊女の辿る途だった。

へえっ、と長吉が心得て、雨戸を一枚外すと、座敷に入れた。

「この者、宗形宣三郎を藩邸に引き取る。ようござろうな」

大内が面番所の村崎季光同心に言った。

村崎がちらりと、四郎兵衛を見た。

「大内様、藩から盗み出した金子は町奉行所にいったん届けたあと、亀田藩までお返しに上がります。それでようございますな」

「よい」

大内に従っていた家臣が小者を呼んで、宗形宣三郎の骸を雨戸に乗せて運び出していった。そのあと、長吉たちが花邨の亡骸を乗せて、従った。

ふたつの骸は一緒に弔われることはなく、別々に死出の路に旅立っていった。

「神守様、また嫌な思いをさせましたな」

四郎兵衛が兼定を鞘に納めた幹次郎に言った。

「七代目、これがそれがしの務めにござる」

と幹次郎の乾いた声が答えていた。

第四章　虎次親方の夢

一

翌早朝、三ノ輪(みのわ)の辻にある浄閑寺で花郎の弔いがひっそりと行われた。

事情が事情だ。朝の間に投げ込み供養が行われることになり、吉原会所七代目頭取の四郎兵衛、番方仙右衛門と神守幹次郎が弔いに出た。

無縁墓地に穴が掘られ、花郎の亡骸を入れた粗末な座棺(ざかん)が穴に下ろされた。墓掘り人足(にんそく)がふたり、少し離れた場所で安い刻み煙草を吸い合う香りが墓地に漂っていた。

そろそろ弔いが始まるという刻限、三浦屋からはだれも出ないと思われていたが、旦那の四郎左衛門がひとり姿を見せ、驚いている四郎兵衛に言ったものだ。

「寝覚めが悪いことに変わりはございませんのでね、弔いに来させてもらいました。朋輩の遊女にも奉公人にも、花邨の最期も弔いのことも伝えてございませんがね、うちの抱えであったことは間違いのない事実だ。見送らせてもらいます」

四郎左衛門は自らに言い聞かせるようにその場の三人に告げた。

四郎兵衛は四郎左衛門の複雑な心中を察するとともに、この決断を心ある行為であると認めた。

借財を残し、自ら病の体にお膳立てして御寮に療養に行かせてもらい、身売りのときから企ててきた足抜を試みた。その折り、足抜の共謀者の宗形宣三郎は三浦屋の若い衆ふたりを殺していた。

こんな悪辣な足抜もない。これ以上の後ろ脚で砂をかけるような所業はない。

吉原の数多ある楼のうち、大楼のひとつ三浦屋は太夫を輩出し、ただ今は当代の高尾太夫と薄墨太夫が妍を競う盛楼だ。これだけの所業をなした女郎の弔いに旦那の四郎左衛門が出たのだ。

「三浦屋は甘過ぎる、これでは女郎に示しがつかない」

とか、

「世間体を気にしていい顔をしようというんじゃないかね」

とか文句が出ることは分かっていた。そんな廓内の雰囲気を百も承知でひとりの人として四郎左衛門は決断したのだ。

「四郎左衛門さん、若い衆ふたりの通夜は今宵でしたな」

「山谷の道林寺で執り行います」

四郎左衛門が答えたとき、番方が、新たな驚きの声を漏らした。その場にいるわずかな会葬者が浄閑寺の門前を見ると、坊主頭の大男が黒紋付き羽織袴に手に数珠を持った姿があった。

砂利場の七助親方だ。

仙右衛門が七助を知らぬ四郎兵衛と四郎左衛門のふたりにその正体を告げた。

幹次郎は、咄嗟に政吉船頭が知らせたのだと思った。

四郎左衛門が七助の前に出て、

「七助親方、お客様のおまえ様に嫌な思いをさせましたな。花邨の楼主として詫びるしかございません」

と腰を折り、深々と一礼をした。

「三浦屋の旦那、こたびのことにはおれにも罪がある。花邨に隠れ家を与えたわけではございません。だがね、おまえがその気になったら、おれがいつでも身請けしてやる、おまえが暮らす家は、すでに亀戸村の梅屋敷裏に用意してあると言っちまったんだ。花邨はおれの言葉があったからこそ、見てはならない夢を見た。足抜をして三浦屋さんに迷惑をかけ、若い衆ふたりも殺させるような大事をしでかした」

「七助親方は花邨の背後に宗形宣三郎がいることを、そして、ふたりで足抜をしようとしていることを知っておられましたか」

「三浦屋の旦那、いくらなんでもおれもそこまでは甘くねえよ」

と七助が言い、

「きっと馴染の中におれより気風のいい客がいて、花邨はそっちを頼っていると思っていたんだ。その矢先、病になったというし、そんな客はいそうにないかと思い直した。そこでね、病が癒えたらなにがなんでも三浦屋さんに相談に行こうと考えていたところだ。会所から足抜話が伝えられたとき、おりゃ、なにがなんだか分からなくなってな、この歳にして恥ずかしい話さ」

「七助の親方、花邨はなんて馬鹿な女でございましょうね。天下広しといえども親方のような広い気持ちを持った男が滅多にいるものですか。この棺の中の女は人を見る目がなかったというしかございません」

四郎左衛門が言ったとき、浄閑寺の若い坊主がひとりだけ姿を見せて、すでに墓穴に投げ込まれていた花邨こと酒井田きぬへ読経を始め、簡素な弔いはあっという間に終わった。

「三浦屋の旦那、若い衆の通夜に顔を出してもようございますかえ」

会葬を終えた七助がさらに思いがけないことを四郎左衛門に言った。

「うちの若い衆の通夜に親方が参列していただけるので」

「花邨がしでかした罪咎のひとつです。あたら若い身空で死ななくてよかった命がふたつも三つもこたびのことで奪われた。おれの気持ちが済むようにお参りさせてくだせえ」

「親方、お願い申します」

四郎左衛門が頭を下げ、

「今宵お会いしましょう」

七助親方が山門へと足早に姿を消した。それを見送っていた四郎兵衛は、

「三浦屋の旦那、こたびの一件で唯一心根のいい御仁に会いましたな。年寄りが若い女に惚れたからって、だれにでもできるこっちゃございませんよ」

と四郎左衛門に言った。

「私は七助親方にすまない気持ちで一杯です。騒ぎが鎮まったら、七助親方に改めてお礼が言いたいね。世間では私ども女郎屋の主を、忘八とか、轡とか蔑み呼びますが、七助親方の前では私も忘八にはなり切れませんよ。親方は人の器が大きゅうございます」

四郎左衛門が言った、

「忘八、あるいは轡」

とは、女郎屋の主を蔑む呼び名のひとつだ。

孝、悌、忠、信、礼、義、廉、恥の八つの道徳を忘れるところが忘八屋、すなわち妓楼であり、その八つを忘れなければできないのが忘八、妓楼の主人というわけだ。轡はむろん馬や牛を戒めて意のままに操る道具を妓楼の主に譬えてのことだ。

「いえ、三浦屋の旦那も仲間の非難を顧みずこうして浄閑寺に弔いに参られた。なかなかできることではございませんよ」

四郎兵衛が呟き、花邨の弔いは終わった。

四人が浄閑寺の山門を出ると、政吉船頭の櫓で七助親方が深川に戻る姿が見られた。

「遊女は花邨のように手前勝手な女ばかりじゃないんだがね。それにしてもあれだけ世間を承知、人も分かった親方がなぜ花邨みたいな邪な女郎に惚れたかね」

四郎左衛門の呟きが幹次郎の耳にも届いた。

「四郎左衛門の旦那、七助親方は二十年も前に亡くなったおかみさんの面影を花邨に見たそうな。おかみさんが亡くなって働き通し、子供を育てることに追われてこられた。それが同業の寄合で吉原に上がり、偶さか花邨に当たってそう思ったそうです」

と答えたのは番方だ。

「亡くなられたおかみさんに面影が似ているねぇ。それも二十年前のことですね。よくある思い込みだね。ふたり並べることができるならば別人ですよ。遊里は幻の想いを売る商い、女郎はどんな客もその気にさせるのが務めですからね。親方も若い日のおかみさんを想うあまりについ吉原の詐術に引っかかりなすったね」

四郎左衛門が思わず告白した。

一同が大門に戻ったときは五つ前の刻限で、朝帰りの客がちらほらと大門から出てくる姿が見られた。

面番所から村崎季光同心が姿を見せて、

「七代目、昨夜、宗形宣三郎が持っていた金子じゃがな、百両に二両ばかり欠けておるだけで、亀田藩から猫糞してきた金子とほぼ同額じゃ。大番屋で吟味方与力衆が詮議の上、吉原に文句がなければ亀田藩に返却してよろしいと、かくそれがしが預かってきておるがな」

と袱紗包みを見せた。

町奉行所では足抜騒ぎへの亀田藩の関与を忘れよと言っているのだ。九十八両がたしかに亀田藩の銭箱から持ち出されたものであり、筋の通った話ならば町奉行所としてはわざわざ関わりを持ちたくない。そうでなくとも御用は繁多なのだ。

「三浦屋の旦那、いかがにございますか」

「番方、花邨の借財は残ってますよ、それに迷惑もかけられた。だが、花邨がうちから金子を持ち出したわけではございません。宗形某の懐にあった九十八両は、亀田藩の公金と考えるのが至当でしょうな」

「四郎左衛門の旦那、花邨の薬代に二両が使われた形跡があった。とすると、旦那が考えられる通りに亀田藩のものでよかろう」

「異存はございません」

四郎左衛門が答えると村崎同心がにんまりと笑った。

「ならばそれがしの手から亀田藩に返却に上がってもよいか。そうでなくとも吉原会所はあれこれと多忙ゆえな」

「お願い申しましょうかな」

「ならばこれから」

いそいそと大門を潜って五十間道を上がっていこうとした。その背に幹次郎が、

「村崎どの、角間鶴千代が牢屋敷の揚がり屋に入れられていた一件、どうなりましたな」

「あっ、忘れておった。亀田藩の帰りに牢屋敷に必ず立ち寄る」

と約した村崎同心が急ぎ足で歩き出した。

「なかなか話の分かった同心ですな」

その背を見送りながら大楼の主が言った。

「四郎左衛門さん、あれはですな、亀田藩に金子を届けて大いに恩を売り、なにがしか礼金を頂戴してこようという魂胆だからですよ。命がけの仕事は神守様や

番方に任せて、鳶が油揚げをさらう寸法が面番所同心にございましてな」

四郎兵衛が囁き、四郎左衛門が言葉もなく村崎同心の背を見送り、

「忘八の上をいく御仁ですな」

と言い残すと仲之町の奥へ向かった。


いつしか季節は梅から桜の候へと移ろっていこうとしていた。

幹次郎と仙右衛門が会所に戻ると待つ人がいた。

呉服町北新道のネタ拾いの代一だ。

「おや、代一さんか、走り屋侍は姿を見せましたかい」

仙右衛門が訊いた。

「へい、ようやく見せましたよ。今朝方さ、明け六つ（午前六時）の頃合いに戸を叩く者がいるんで、起こされたってわけだ。うちは昼夜に関わりのない商いだ。珍しくもないんでね、なにか出来したかと戸を開くと、例の走り屋侍が、にゅっと入ってきたというわけだ」

「ほう、それで河原谷元八郎様の正体は分かりましたかえ」

仙右衛門の問いに判然とせぬ表情で代一が首を捻って話し出した。

「朝っぱらからなにごとです」

「なにごととはどういうことか、読売に約定通りの誘い文が載ったで、かように出て参ったのだぞ」

代一の問いに河原谷が反問し、

「ふーん、やはり読んでおられましたか」

と答えた代一には河原谷は答えず、

「例の話に吉原は乗ってきたか」

と訊き直した。

「へえ、廓内はお上が監督する場にございますでな、当初考えておった仲之町での走り合いは難しいとのことにございます」

「では吉原の話は中止か」

がっかりした表情の河原谷元八郎が言った。

「いえ、廓内では無理かもしれませんが、大門外の五十間道と衣紋坂に場を移せば、大走り合いは催せそうな見通しにございます」

「よかった」

　とこんどは安堵の吐息を河原谷が漏らした。

「で、いつだな」

「その前に二、三、河原谷様にお尋ねしたいことがございますので」

「なんだ」

　と河原谷が構えた。

　奥から女衆が茶を運んできて、河原谷元八郎の爽やかな顔を見て、ぽうっと突っ立ったままになった。

「おしげさんよ、何突っ立っているんだよ。茶を出したらよ、小僧に言って表戸を開けさせな」

　と代一が叫んだ。

　茶が河原谷と代一の前に置かれ、代一が茶を啜って、

「おまえ様の本名は角間鶴千代って言われませんかえ」

「ほう、分かったか」

「分かったかじゃねえよ。こっちはおまえ様の言葉を信じて吉原会所に申し込んだんだからね。偽名やさ、石州浪人なんて虚言を吐かれると、『世相あれこれ』の信頼に差し支えるんですよ」

「どこが虚言じゃ」

「石見国には、津和野藩四万三千石の亀井様と浜田藩六万石松平様の二家しか大名家はございません。わっしどもは河原谷家があるかどうか、ちゃんと両家に尋ねたんですからな」

代一は、会所が調べたことをさも自分が汗を掻いたように告げた。

「ふうーん」

河原谷が鼻で返事をした。

「どうですね、このこと」

「ただ今藩があるのはいかにも津和野、浜田の二藩だ。だがな、読売屋、江戸の世が開闢したころ、安濃郡吉永周辺を領有した外様小藩があった。吉永藩と称し、寛永二十年（一六四三）に会津藩四十万石を収公された加藤明成様の嫡子明友様が安濃郡内二十か村一万石を与えられ、立藩したのだ。わが先祖は加藤明友様に従い、主従として奉公してきた。ところがじゃ、天和二年（一六八二）に加藤家は近江水口二万石に移封され、先祖も大半の家臣の墓もこの地に残された。ゆえに以来、石見吉永藩旧家臣、石州浪人と称してきた。そのほう、それがしの言を疑るや」

「えっ、百何十年も前の話ですかえ」

「何百年前であろうと、吉永藩加藤家にわが先祖が仕えたのに間違いはない。真偽を疑るとなれば石見に参れ」

「じょ、冗談言っちゃいけねえぜ。読売屋がさ、石見まで道中ができるものか」

「ならばそれがしの言葉を信じよ」

「その一件はそれでいいさ。だがな、河原谷さんよ、本名は角間鶴千代っていうんでしょうが」

「分かれば致し方ない。それがしの姓名はいかにも角間鶴千代である。それがなにか差し障りがあるか」

「あのね、たかが読売ですがね、書いた話のすべてが嘘じゃだれひとり買ってくれませんので。誇張（こちょう）したり、工夫を凝らしたりする読売の中で、ぴたっと押さえてなければならないツボがある。こたびのことでいえば、おまえ様の名が河原谷元八郎、いや、石州旧吉永藩浪人角間鶴千代ってとこはしっかりと押さえてなければならないんですよ」

「では、角間鶴千代として吉原に改めて売り込め」

「もうひとつ、確かめることがございます」

「まだあるのか」

「角間様、小伝馬町の牢屋敷の揚がり屋にしゃがんでおられましたな」

「しゃがんではおらぬが、入っておった。それがどうした」

「牢屋敷に入れられるような人物が読売ネタになるのは、悪行非道（あくぎょうひどう）のかぎりを尽くしたからです。こたびの走り合いは江都に爽やかな一陣の風を巻き起こすネタですよ。それが牢屋敷の揚がり屋に入れられていたなんて、話になりませんや」

「入れられたのではない。入っておったのだ」

「揚がり屋に入っていたことに間違いはないのですな」

「間違いない。じゃが、それがし、虚言を弄して牢屋敷に十数日入るように自ら仕向けた。用が終わったで、真実を打ち明け、かくのごとく解き放ちになってなんの差し障りもない身になった。それがなにか不都合か」

「不都合かって、なんで牢屋敷に入ろうなんて考えたんですよ」

「それは言えぬ」

「うちの調べでは人捜しに入った形跡があるというんですがね」

「そなたら、牢屋敷にも手蔓を持っておるか」

「そりゃ、天下の『世相あれこれ』ですからな」

代一はまた仙右衛門から聞いた、身代わりの左吉からもたらされた話を、さも自分たちが調べ上げたかのように告げた。

「まあ、当たらずとも遠からずだ」

と応じた角間鶴千代は、

「これ以上の隠しごとはない。吉原が受けるのか受けぬのか、この一両日中に返答せよ」

「読売に吉原の答えを載せろと仰るので」

「そういうことだ」

角間鶴千代は、上がり框から立ち上がり、

「そなたらもこの話でひと稼ぎできるのであろうが。しっかりとお膳立てを致せ。迷惑は決してかけはせぬ」

「……と言い残して店を出ていったんでございますよ。どうしたもので」

代一が吉原会所の四郎兵衛、仙右衛門、幹次郎の三人に告げた。

「金次らは角間鶴千代って侍のあとを尾けていったんでございますね」

「へえ、まだこちらに戻ってはいないようですね」

「いませんね」

「どうしたもので」

「まず、金次らの首尾を待ちましょうか」

仙右衛門が言って、代一が頷いた。

二

角間鶴千代を呉服町北新道の読売屋『世相あれこれ』から尾行した金次と宮松のふたりが疲れ切った顔で吉原会所に戻ってきたのは、昼見世が終わろうという刻限だ。

会所の土間には終の棲家を得たという態度で寝ていた犬の遠助がじろりとふたりを見て、また目を瞑った。それを見た金次が、

「遠助、ご苦労とかなんとか言わないのか」

と、願人坊主に扮していた中林与五郎が吉原会所に死を代償に預けていった犬を見た。遠助はぴくりともしない。

「金次、遠助に当たったって仕方なかろう。不首尾なら不首尾と奥へ報告しねえ」

小頭の長吉に言われた金次が奥に行こうと草履を脱ぎかけたとき、幹次郎と仙右衛門のふたりが姿を見せた。

「どうした、逃げられたか」

仙右衛門の問いにふたりの若い衆は面目（めんぼく）なさそうに顔を伏せたが、金次が致し方ないといった風情で、

「あいつ、わっしらを品川から内藤新宿と江戸の半分ほどを引き回し、呉服町北新道に戻る体で中橋（なかばし）広小路から日本橋にゆったりとした歩みで進んでおりましたがね、不意に箔屋町（はくやちょう）へと曲がり、わっしらが直ぐに追いかけたときには箔屋町の通りには野郎の姿はどこにもないんでございますよ」

と吐き捨てた。

箔屋町は通四丁目の辻から楓川（もみじがわ）へ向かって東西に走る両側町だ。場所柄商家が並ぶ通りで見通しは悪くない。

「わっしら、間を空けていたわけじゃございません。あいつの姿が見えなくなったあと、数瞬して曲がった箔屋町の通りを見回したんだが、雲か霞（かすみ）かどこかに

掻き消えやがった。あいつは、わっしらが尾行していることを最初から知ってい
たかもしれません。そうじゃなきゃあ、品川から内藤新宿に格別用事があるとも
思えないのに回るわけもねえ」
と言い訳し、宮松が、
「番方、箔屋町でこの通りを今、若い侍が通らなかったかと訊き回りましたよ。
そしたら、何人かはさあて、と首を傾げ、何人かは風が吹き抜けたか、なんて首
を傾げやがるんで」
「遊ばれたな」
「番方、遊ばれたって、太い野郎だぜ。あいつ、わっしらとおっつかっつの歳で
しょうが。ようもまあ、江戸の半分を引き回してくれましたよ」
「角間鶴千代がこの江戸でだれを捜しているか、なにを企んでいるか、おめえら
を引き回した用心深さから考えて、わっしらが想像もつかない裏があるかもしれ
ないぜ」
思い迷っていた幹次郎は、仙右衛門に訊いた。
「番方、角間どのの企みじゃが、この吉原に関わりがあるのであろうか」
小さく首肯した幹次郎に仙右衛門が訊き返した。

「わっしは吉原に関わりがあるとは思えませんね、人と金と情報が集まる吉原を舞台にして話題を作り、人集めをしたい、としか考えられませんので。神守様、そうは考えませんか」

「それが自然な考え方であろうな。正直申してこたびの一件、ただの座興、遊び、それ以上のものはない。あるいは新手の稼ぎの手段と考えたほうが通りがよい」

「神守様、角間鶴千代って名で揚がり屋にしゃがんでいたことをどう考えればようございますね」

「そこだ、そこがな」

幹次郎が首を捻ったとき、遠助がむくりと半身を起こして、わんわんと戸口に向かって吠えた。

腰高障子に人影が映り、がらりと開けられて大きく鼻の穴を膨らました南町奉行所隠密廻り同心の村崎季光が、

「ああ、吉原会所の代わりに大いに汗を掻かされた」

と大袈裟に言いながら入ってきた。

「これは村崎様、会所の代わりに汗を掻かれたですと、なにごとかお願い申しま

したかね」

「仙右衛門、それはなかろう。この数日、それがしが面番所を空けて、走り回っていたのはなんのためだ」

「ええっと、なんでございましたかな」

「会所は監督差配の面番所をないがしろにしておらぬか。それがし、そなたらに代わって出羽亀田藩に勘定方宗形宣三郎が持ち逃げした藩金の九十八両を届けたのではないか」

「ああ、そうでしたそうでした。あれからだいぶ経ちましたで、わっしら、忘れておりましたよ」

「それだ」

「亀田藩ではいったん諦めた金子、大いに喜ばれたでございましょうな」

「留守居役、用人、目付と屋敷の主立(おもだ)った面々が顔を揃えて、それがしを迎え、『さすがに吉原の治安を守る面番所、やることが素早い』と望外の喜びようでな、『欠けた二両は花邨のために宗形宣三郎が薬を買ったゆえ、九十八両しかあの場で発見できなかったので、吉原会所がくすねたわけではない』と、会所のために熱弁を振るうとな、さすがは世慣れた留守居役どのが、『さような考えは努々(ゆめゆめ)持ってはおらぬ。それより半ば諦めた金子が、こうして九十八両も戻ってくるとは、なんとも悦ばしいことである』と、申された。それがしも汗の搔きようがあったというものでな。それをなんだ、番方など、それがしに頼んだ用を忘れて、なんでございましたかな、などと抜かしおる」

「村崎様、宗形の懐から零れた金子は、神守様が死を賭して勝負された結果、あの場で見つかったんですぜ。あの場にいただれもが承知のことだ。会所が金の上前をはねるなどあろうはずもございませんよ。それにだ、九十八両を亀田藩に返却に行くと自ら申し出られたのは、村崎様ではございませぬか。なにもうちが頼んだわけではねえ」

「なに、そうであったか」

仙右衛門の険しい口調の反論にあって、村崎同心がたじたじとなった。形勢悪しと考えたか、直ぐに別の話柄を振った。

「番方、それだけではないぞ。それがしがかように江戸じゅうを走り回ったには、もう一件、会所の頼みがあってのことだ。まさかそれまで忘れたとは言うまいな」

「なんでございましたな」

村崎の都合のいい報告に仙右衛門の口調は険しかった。

「お芳を嫁にもろうて、そなた、腑抜けになったのではないか。河原谷元八郎なる走り屋侍が揚がり屋に入っていた角間鶴千代と同一の人物かどうか、そこの裏同心どのがこのそれがしに調べてくれと頭を下げたのまで忘れたか」

「それは承知です。ただもうこちらでも分かってきましてね。角間は微罪の肩代わりで牢屋敷に入ったそうです。だが、十数日の牢入りで放免された」

「もう調べがついたというか」

村崎が少しがっかりとした表情で問い返した。

「読売屋に河原谷元八郎が訪ねてきて、自分は角間だとそう証言したんですよ」

「河原谷が喋っただと、その他にはなにか申したか」

「いえ、五十間道での走り合いのお膳立てを一両日内にせよ、と言い残して姿を消したんで」

「それだけか」

「いえね、この金次たちが河原谷こと角間のあとを尾行してどこに住んでおるか、突き止めようとしたんでございますよ。ところが品川宿から内藤新宿と引き回され、日本橋界隈にまた戻ってきて、箔屋町に曲がったところでふけられた」

「なに、姿を消したと申すか。吉原会所は詰めが甘くないか」

「ほう、村崎様のほうは調べでなにか新たなことが判明しましたかえ」

「河原谷なる者の真の名は角間鶴千代、二十三歳、出は石見国らしい。揚がり屋では奉行所の吟味が甘かったか、微罪ゆえおざなりであったか、歴然としたわけではないが十日で解き放ちになった。江戸には三年前より住まいし、横山同朋町の米問屋越後一屋勘右衛門方の家作に住まいしておるそうな」

「今も横山同朋町に住まいしておりますかな」

「それは番方、そなたらの調べる仕事だ。なにも五十間道での大道芸の下働きを面番所がなすことはないからな」

番方の口調にこんどは村崎が腹を立てた様子で言い放った。

「村崎どの、このところ面番所と吉原会所は、互いに力を出し合い、数々の手柄を立てて参ったのではございませぬか。むろん面番所の指導よろしきを得てのことですがな」

「裏同心どの、いかにもさようだ。番方はそれを、それがしがなにもしておらぬような口ぶり、許せぬ」

「まあまあ、そう仰いますな」

と宥めた幹次郎が、

「肝心なことは、なぜ角間鶴千代どのが自ら望んで牢屋敷に入ったかです」

「番方があれこれ言うで、つい横道に逸れた」

「村崎様、わっしの言い方が礼を欠いておりました。この通り詫びます」

仙右衛門が頭を下げた。それをじろりと見た村崎が幹次郎に視線を移し、

「角間は人捜しのために牢に入ったというぞ」

「ほう、人捜しですか。して、その探していた者の名は」

「いや、そこはっきりせんでな。そもそも牢囚の話など当てになるものか」

「村崎どの、そこが肝心要なところでございますがな。角間鶴千代様は胡乱な人捜しのために走り合いをしてみせるのやもしれませぬ。牢屋敷に入った真相が摑めませぬと、五十間道での五夜連続の走り合いは催せませぬ」

「よいではないか。吉原の本業は遊女三千人を稼がせることであろうが、そちらにだけ精を出せ」

「いかにもさようです。吉原とて節季節季の誘い文や、夜桜や端午の節句だけでは新たな客は呼べません。そこでこたびの一件も吉原にとって、人集めに欠かせぬ試みでございましてな。五十間道での催しが成功すれば、大門を潜る客がいつ

もより多くなりましょう。そうなれば楼も茶屋も潤う話、さすれば当然面番所の村崎どのの懐も」

「潤うか」

「それは村崎どのの働き次第にござろうな」

「裏同心どのにそう懇切に言われるとな、われらの役目を忘れたわけではないぞ。神守どの、角間鶴千代が揚がり屋に入っていたのは十二、三日、その折りの揚がり屋に牢名主のごとき立場で入っていた者がおる。この者も揚がり屋と世間を行き来して、身過ぎを立てておるものでな、榊昇五郎と申す浪人者よ。奉行所に残されてあった調べ書きによると、無宿となっておる。その榊の話を聞けば、角間が牢に入った真の曰くが分かるかもしれぬ。じゃが、無宿では、それがしもこれ以上、調べようがないでな」

村崎同心が幹次郎に言った。

「さすがは面番所の凄腕隠密廻り、調べにそつがござらぬな。それがし、ほとほと感服仕りましたぞ」

「神守幹次郎はやはり苦労人じゃな。ようそれがしの立場が分かっておられる。それに比べて番方はなんだ。己の分際を忘れて、監督の立場にある面番所をなんと思うておる」

「それを申されるな。最前も分かり合った通り、面番所と会所は荷車の両輪にござるでな、ふたつの輪がうまく動かぬことには、ほれ、村崎どのの懐も潤いませぬ」

「ともかくだ、それがしが走り回った成果は以上だ」

と村崎同心が戸口に向かいかけた。

「村崎どの、亀田藩ではいくらほど包まれましたな」

「意外と渋くてな、九十八両も届けたというのにわずか三両の手間賃であったわ」

幹次郎の口車(くちぐるま)に乗って思わず口にした村崎同心が外に出て、

「あっ、しまった」

と声を上げた。

「神守様、申し訳ない。つい同心どのの勝手な言い草に腹を立ててしまった」

「村崎どのは十分に働かれた。あとはわれらで詰めようか。横山同朋町に未だ角間鶴千代どのが住んでおるかどうか確かめに参ろうではないか。なんとしても今宵の通夜までには戻りたいでな」

参次と光吉の通夜は今宵、道林寺で催されることが決まっていた。

仙右衛門と幹次郎は急ぎ外出の仕度を整え、会所を出た。

「おや、お出かけか」

と村崎同心が幹次郎を見て、

「神守どのは、冗談の区別は分かる御仁と見た」

「むろんでございますよ。それがしの戯言に村崎どのが上手に冗談をお返しなされた」

幹次郎はうっかり口にした言葉を気にする村崎に応じていた。

「それが人の問答というものだ。冗談も分からぬ者とは雲泥の差かな」

と答えた村崎が安心の顔で面番所に入っていった。

「神守様、いつから村崎季光どのと調子を合わせるこつを覚えられました。なんとも凄腕になられた」

仙右衛門が呆れた口調で言ったのは、五十間道を曲がって浅草田圃に出た頃合いだ。

田圃では犂で耕す作業が始まっていた。すると耕された土の中に棲む虫やみみずを鳥たちが獲ろうと飛び回っていた。

「番方、少しは吉原の暮らしに馴染んだということであろう」

「馴染んだどころではございませんや。金のことしか考えてねえ村崎なんて野郎が町奉行所同心かと思うとうんざりしますぜ」

　と番方が言い、

「まだ未熟ですね」

　と自嘲した。

　横山同朋町は両国西広小路の南側に位置する界隈だ。北東と南東の二方向を旗本、御家人の武家地に接していた。
　米問屋越後一屋勘右衛門方は、横山同朋町の東端にあって、得意先は武家と町屋が半々、といった場所に立地していた。
　裏に返して無印の長半纏を着た仙右衛門と幹次郎が角地の米屋に立つと、
じろり
　と帳場格子からふたりを見た番頭が、
「珍しい御仁のご入来だよ。うちの奉公人が吉原で居続けておりますかな」

と尋ねた。

「大番頭さん、心当たりがございますかえ」

「うちはいたって地味なお店でしてな、奉公人が吉原通いをするなど許されておりませんよ」

「大番頭さん、そんな話ではございませんよ。おたくの家作に角間鶴千代様というお方がお住まいにございますかな」

「なんとも爽やかなご浪人さんでしたがな。牢屋敷に入るようなお方には長屋を貸しておくわけにはいきません。出ていってもらいました」

「いつのことですね」

「だから牢屋敷から戻ってこられて直ぐのことですよ」

「角間様は直ぐに長屋を出ていかれましたか」

「ご迷惑をかけた、と詫びに見えられました。あのような方がなんで牢屋敷に入れられましたかな。ご当人に尋ねても人違いであったというだけで、まさか奉行所が人違いで牢に入れるわけもなし、引き止めはしませんでしたよ」

「どこに引っ越されたか、ご存じございませんか、大番頭さん」

「吉原会所が角間様になんの用ですね。まさか悪い話ではございますまいな」

「大番頭さん、近ごろ江戸を賑わす走り屋侍のことを聞いたことがございませんか」

「読売で読みました。なんでも一両を掛け金に走り合いをするという浪人さんのことですな。それが角間様と関わりが」

「読売では河原谷元八郎となってますが、角間鶴千代って方がその走り屋侍でしてね」

「えっ、なんだって。話が通らないよ」

仙右衛門が手短に経緯を告げた。

「おっ魂消たね。走り屋侍がうちの住人だったですって。なんのために角間様は名まで変えてやるのかね。商いですか」

「こちらの長屋に住まいの折り、角間鶴千代様はなんで生計を立てておいででした」

「それが不思議なことに格別働きもせず、かといって贅沢をするわけでもなし、毎朝町に出て夕方に戻ってこられる暮らしでしたがな。店賃は一度たりとも滞ったことはございませんでな、牢屋敷の一件さえなければ、真によい店子でしたよ」

と越後一屋の大番頭が言った。

ふたりはその足で越後一屋の長屋を差配しているという専造を訪ねた。角間鶴千代がどこに引っ越したか知らぬ様子だったが、走り屋侍がどうやら角間鶴千代であることを長屋の住人の話から専造はおぼろげに承知していた。

三

横山同朋町を出たところで幹次郎と仙右衛門は足を止めた。

「江戸に出てきたのが三年前、と牢に入れられた折りの調べではなっていますがな、角間鶴千代って御仁、その前はどこにいたんです。まさか石見国からいきなり江戸に出てきたわけではございますまい」

「角間鶴千代どのの言動、暮らしぶりは、なんとのう大都での暮らしが長いことを感じさせますな。江戸ではのうても大きな町暮らしが板についておるようだ。尾張名古屋か、摂津大坂か」

「名古屋、大坂住まいとはなんとのう違うような気がします。となると京暮らしの末に江戸に出てきたか。ともかくこの三年、食うためになんぞ稼ぎ仕事したふうはない。それでいて毎日朝早く長屋を出て、夕刻前には戻っていた。身形はこざっぱりして、長屋に戻ってくる前に湯を使った様子があったという。慎ましやかだが金に困った様子はない。どこぞに女でもいましたかねえ」

「長屋に女どころか訪ねてきた者はひとりもいない。長屋で煮炊きすることはなく、すべて外で食していた様子だ。長屋の連中は角間鶴千代どのが仇討の相手を探すために出歩いていたとみている」

これらの話は越後一屋の長屋の差配の専造と住人から聞いたことだった。

長屋の住人のひとり、屋根葺き職人は普請場の往来の途次、下谷広小路の盛り場で角間鶴千代らしき者を見かけたことがあるそうな。

花見の季節、酒に酔った数人の武家が町屋の若い嫁と下女にしつこくまとわりつき、酒席に強引に連れていこうとした。

その折り、着流しの若い浪人が女ふたりに声をかけ、さも知り合いででもあるような体で酔っ払いの武家から離そうとした。すると武家のふたりが酔った勢いで、浪人に摑みかかった。ところが若い浪人の動きは機敏で、あっさりとふたりを武術の技でその場に転がしたという。

「おのれ、許せぬ」

と仲間たちが刀を抜かんとしたとき、町廻りの役人と御用聞きが駆けつけてきたので、酔っ払いの武家たちは頭の命でさっと逃げ出した。ところが気づいてみると女の危難を救った若い浪人もまたいつの間にか人込みに紛れていなくなっていたという。残されたのはふたりの女だけで、主従は騒ぎにおろおろしたり、安堵したりしていたという。

屋根葺き職人はその浪人が角間鶴千代と思えたというのだ。

後日、井戸端で会った角間に質したところ、

「それがし、武術はからっきしでな。そのようなことをしたくとも、反対に叩きのめされるのが相場。危ないところには近づかぬようにしておる」

と答えたという。

だが、屋根葺き職人は、いくら人込みの中でも同じ長屋の浪人さんを見誤るはずはないのだがと、首を捻っていた。

「下谷広小路の浪人は角間鶴千代様でしょうな」

「まず間違いないところじゃな。この御仁、武術の心得があると見た」

「さあてどうします。これ以上、角間鶴千代様の住まいも正体も知る手立てがな

くなった」

　仙右衛門が思案に暮れた表情を見せた。

「番方、困ったときは最初に戻ることだ」

「日本橋で訊き込みをしようというのですか」

「あの場にいたひとりが身代わりの左吉どのだったのではござらぬか。河原谷元八郎が角間鶴千代どのと同じ人物だと見抜いた左吉どのと会うてみませんか。ここから馬喰町の虎次親方の煮売り酒場はそう遠くございますまい。もっとも左吉どのがおられるとはかぎらぬがな」

　夕間暮れだった。虎次の店を訪ねる刻限としては悪くないが、左吉のことだ、顔を出す刻限もまちまちで、昼間いることもあれば酒場が賑わう刻限は避ける様子もあった。

「馬喰町は十丁（約一・一キロ）と離れていませんや、訪ねてみますか。それから戻っても三浦屋の若い衆の通夜には駆けつけられそうだ」

　番方が賛意を示したので、ふたりは横山同朋町から横山町を横切り、旅人宿が並ぶ馬喰町の裏手にある虎次の煮売り酒場を訪ねた。

　するといつもの席で左吉が手酌で酒を呑んでいて、その傍らに袖を襷でたくし上げた竹松がいて小皿を左吉に供していた。着流しに前掛けを着けた竹松は、すっかり小僧から見習い料理人に様変わりして、このところの精進が察せられた。

「おや、吉原会所のお歴々」

目ざとく左吉が幹次郎らの姿を認めると、竹松が振り向いた。

「神守様と番方だ。いつぞやはお世話になりました」

にっこりと笑った竹松が挨拶した。

「竹松どの、どうだな、料理人は」

「はい、小僧のころとは雲泥の差ですよ、忙しいったらありゃしない。素材の選び方から下ごしらえと覚えることがたくさんあって、毎日があっという間に過ぎていきます」

言葉とは裏腹に竹松の顔は喜びに溢れていた。

「それはよい。親方に感謝することだな」

「親方はうちの垢がつかないうちに、しっかりとした料理茶屋に修業に出すと言っていますよ」

「竹松どのはどうなのだ」

「私はこの店でずっと働いてもいいと思ってます。だけど親方ったら、料理は奥が深い、どうせ料理の道を修業するのなら、ちゃんとした親方のもとで基本から仕込まれたほうがいいというのですよ」

竹松が正直に答えた。

「小僧の竹松はどこかへ消えたようだ」

仙右衛門も竹松に言った。

「ふっふっふ、番方。あの一夜、忘れるなんてことありません。萩野さんの顔立ちも柔らかい肌も声も覚えています。でも、あれは一夜の夢だったんです、親方や神守様方がお膳立てしてくれた幻だったんです。あとに引きずっちゃいけないと自分に言い聞かせて働いています」

「それはよかった」

幹次郎が安堵の返事をすると、

「神守様、番方、今新しい酒をお持ちします」

とふたりを左吉の卓につけて、竹松が台所に消えた。

「いつまで殊勝（しゅしょう）な気持ちが続くかと思っていましたがね、竹松見習い料理人、存外頑張っていますぜ」

と左吉が笑い、言い足した。

「虎次親方はほんとうにどこぞの親方のもとに修業に出す気ですよ。あいつの前では言いませんがね、竹松は手が器用で材料の扱いが丁寧で、きれいに下ごしらえするんですと。門前の小僧習わぬ経を読むとか言いますが、あいつも虎次親方の手許を見てないようで見てきて、材料の下ごしらえなどを覚えてきたんでしょう。うちの基本の仕事は一応承知していると褒めてます。となると煮売り酒場の癖が身につかないうちに、きちんとしたところに修業に出したいというんですがね」

「竹松さん次第ですな。きちんとした料理屋の料理を覚えれば覚えるほど、虎次親方の店に戻ってきにくくなるんじゃありませんか」

「そういうことだ、番方。虎次親方の昔の夢はね、庭が見えてさ、床の間の付いた座敷で膳を出すような料理屋の料理人になることだったんだと。己の潰えた夢を竹松に託しているんですよ」

左吉が苦笑いした。

江戸にはまだ高級な料亭は少なかった。だが、京辺りからあれこれ料理茶屋が江戸に出てきつつあった時世だ。

左吉の卓に虎次と竹松が新しい燗徳利と杯と小鉢を持ってきた。

「いらっしゃい」

と虎次が幹次郎らに挨拶し、竹松がふたりに杯を持たせると酒を注ぎ、

「ごゆっくり」

という言葉を残して台所に下がった。

「竹松、今日の魚はなんだ」

と客が竹松に声をかけ、

「義(よし)さん、煮物、焼き物、造り、なにが食べたいかによるよ」

竹松が一端(いっぱし)の料理人の口調で応じていた。

幹次郎はもはや小僧時代の竹松の姿は消えていると改めて思った。

「会所の知り合いでさ、ちゃんとした親方がいる料理屋はねえか。おりゃ、竹松を酒場の匂いが染みつかないうちにさ、一日も早く修業に出したいんだよ」

虎次親方が三人の卓に腰を下ろして掛け合った。

「親方、本気なんだな。今そんなところに修業に出せば、竹松はこの店に戻ってこないかもしれないんだぜ」

左吉が釘を刺した。

「そんなことは百も承知だ。食いもの屋だってさ、ピンキリだ。ざっかけないうちのような店もあれば、漆塗りの膳で供される料理屋もある。どれがよくてどれが悪いなんてことはないのはおれだって分かっているさ。だがな、吉原の女郎さんだって、偉いのは松の位の太夫さんだろうが。おれは、吉原どころか、深川辺りの曖昧宿の女郎で終わった。おりゃさ、それでいいさ。だが、竹松はさ、そんなどぶ臭い食いもの屋の料理人として終わらせたくないんだよ」

「ほんとうのところ、竹松はどう思っているんだ」

左吉が訊いた。

「迷っているようだな。うちで奉公していけば年数が経てば経つほど道は限られる。おれの後継ぎで、馬方、駕籠舁き相手に酒を出し、食いものを出して満足するしかねえ」

「おれはそれも道のひとつと思うがね」

「左吉さんよ、別の親方の手並みを見てさ、おれの店のよさも悪さも分かった上で行く末を決めるのが後悔しない道とは思わないか。竹松はおれに義理があると思ってさ、別の親方のもとで本式の料理修業をしたいなどとは言い出さないんだ」

と言った虎次が、

「神守様よ、あいつの筆おろしの折りも神守様に願った。あいつが一人前の料理人になるためにもう一度、力を貸してくれませんか」

「親方、気持ちは分かった。近々竹松どのと差しで話がしてみたい。その折り、虎次親方の店がいいという答えなら、親方の潰えた夢を竹松どのに託すのはやめることだ」

「神守様、そのときはあいつを手許に置いて煮売り酒場虎次の店の二代目に育て上げるよ」

と言い残した虎次が台所に消えた。

ふうっ
と左吉が息を吐き、

「血も繋がってねえのに、あの肩入れのしようだ。だれもがあんな虎次が好きで通ってくるんですよ。わっしは庭が見える座敷で漆塗りの膳で酒を呑んだり、肴を食したりなんぞはしたくねえがね」

「左吉さんはさ、脇息のある座敷の会席料理から小伝馬町の物相飯まで承知のようだからね、そう言えるのさ。だが、虎次が料理人の太夫になりたかった気持ちも分からんじゃない」

「番方、身代わりの左吉をなんだと思ってなさる。罷り間違っても脇息のある料亭なんぞに上がったことはないよ。わっしはさ、半籬（中見世）の、三番手から四番手くらいのさ、人柄のいい女郎さんが好きなのさ。高尾だ、薄墨太夫だはお断わりだ」

と左吉が笑い、

「おっと、いけねえ、竹松の一件で思わぬ時間を取らしたね。ふたりして煮売り酒場に酒を呑みに来たわけじゃあるまい。用事は走り屋侍の一件ですかえ」

「吉原も角間鶴千代様に肩入れするのなら、身許をしっかりと確かめてからとだれもが考えていなさるのでね」

番方が答え、角間鶴千代が牢に入る前に住んでいた横山同朋町の長屋を訪ねてきた話をした。

「へえ、あの浪人さんは横山同朋町なんぞに巣くっていましたか。たしかになんで食ってきたか、毎日、どこへ出かけていたか、謎だらけではありますな」

と左吉が言い、ふたりの杯に酒を注いでくれた。

「角間鶴千代って浪人さんと同じ牢なら、なにかもう少し分かったこともあっただろうがね。なにしろあちらは侍牢、揚がり屋だ。姿は見えども直に話したことはなかったでな」

「左吉どの、そなたの稼業はそなただけの得意芸か」

幹次郎が尋ねた。

「どういうことです。わっしみたいな馬鹿が他にいるとでもおっしゃるので。まさか角間鶴千代が身代わり屋だなんていうのではございますまいな」

「いや、そうではない。揚がり屋で牢名主のような役目を務める榊昇五郎という御仁をご存じないか」

「おや、珍しい名前が神守様の口から飛び出しましたね。たしかに榊様はわっしと同じ稼業といえばそうかもしれませんな。もっともあちらは武家専門の身代わり稼業でございましてな、わっしのように手当たり次第に身代わりをやって、小銭を稼ぐというのではございませんや。じっくりとお膳立てして、あちらこちらに金子を配ったあと、形ばかり牢屋敷の揚がり屋に入るって、大物でございますよ。榊の隠居とは久しく顔を合わせていませんが、角間鶴千代が入っていたとき、同じ揚がり屋に入っていましたかえ」

「面番所の隠密同心どのが訊き出してきたのだ、榊どのと会うことはできまいか」

「そうでしたか、榊の隠居が入っていたとはね」

と左吉が思案し、表を見た。

「ちょいと遠出になりますぜ」

「どちらです」

「高田馬場近くの源兵衛村、亮朝院にございますよ。それに榊様のふだんの暮らしは朝が早いとか。これから捜し当てて会うのは至難のことですよ」

「それは遠い。左吉さん、わっしらにも今晩、足抜女郎の一件で命を亡くした三浦屋の若い衆の通夜があるんですよ」

「ならばこうしませんか。明朝早くどこかで落ち合いませんか」

「左吉さん、ご足労を願えますので」

「いくら吉原会所といっても見ず知らずの者とは会ってくれないかもしれません。榊の隠居に会うのは久しぶりだが、わっしが口利きをしてみます。必ず会えるとは言い切れませんがね」

「有難い」

左吉の言葉に仙右衛門がしばし思案して、

「明朝七つ半（午前五時）、神田川浅草御門下に猪牙舟を泊めておきます。神田川を上れるところまで猪牙で参りましょうか」

「よし、それで話が決まった」

と左吉が言った。


浅草山谷の道林寺に幹次郎と仙右衛門が駆けつけたとき、通夜も終わりの刻限で、別れの客は見えなかった。だが、参次と光吉の身内らとともに三浦屋の主の四郎左衛門と四郎兵衛が黒紋付き羽織袴でふたりの骸の前に控えていた。

このふたりとは、今朝方花邨の弔いに浄閑寺で一緒に参列していた。一日のうちに弔いと通夜に参列したことになる。

「ご愁傷さまでございました」

仙右衛門が在所から出てきたというふたりの親戚らに挨拶し、幹次郎も倣った。

そのあとで四郎兵衛と四郎左衛門に目顔で挨拶し、

「遅くなりました」

仙右衛門が詫びた。

その後、骸の前に場を移した幹次郎と仙右衛門は、若い衆の霊前に香を手向けて合掌した。

「どうやら神守様と番方が最後の弔い客のようだな」

四郎兵衛が言った。

「走り屋侍の一件でございますが、なかなか埒が明かず、かような刻限になり、馬喰町から飛ぶようにして戻ってきたところです」

仙右衛門が小声で吉原の顔役ふたりに囁いた。

「あちらも苦労していなさるか」

「左吉さんが明朝、とあるところに案内してくれることになっております。こちらに参る道中牡丹屋に立ち寄り、明朝の猪牙の手配をしてきました」

「どちらに行かれるのですね」

「源兵衛村の亮朝院って寺近くに、角間鶴千代と揚がり屋で一緒だった榊昇五郎って浪人が住んでおるそうでございます」

「ご苦労ですな。皆で斎の場に移りませぬか、砂利場の親方、番方や神守様の代わりにお芳さんと汀女先生も見えておりますよ」

四郎兵衛が道林寺の本堂とは離れた座敷を指した。

幹次郎は汀女と左兵衛長屋に戻りながら、

「今日もまた長い一日じゃった」

「明日の朝も早いようですね」

と言い合った。

「番方と一緒に源兵衛村辺りまで出かけてくる」

ふうっ、と汀女が溜息を吐いた。そして、

「七助親方は純情なお人ですね。花邨さんのような女郎さんばかりではないのにね」

通夜に来てくれた砂利場の七助親方の人柄に話柄を変えた。

そのとき、幹次郎の脳裏にふと考えが過った。

竹松を男にしてくれた萩野ならば七助親方と気が合うのではないか、そんな思いつきだった。

どこからか遅咲きの梅の香りが漂ってきた。

通夜がえり　妹(いも)のうなじに　梅かおる

幹次郎の脳裏に下手な五七五が浮かんだ。

四

朝靄の中、神田川浅草御門下の船着場に細身の影が浮かんでいた。

身代わりの左吉だ。左吉は身じろぎもせず近づく政吉船頭の猪牙舟を見ていた。

乳色の靄が神田川ばかりか江戸じゅうを覆っているようだった。そのせいでいつもとは違う江戸の町並みがぽっかりと浮かんでいた。

棹を使った政吉が猪牙舟を船着場にゆっくりと近づけ、左吉が猪牙舟の舳先に軽やかに飛び乗ってきた。

政吉は舟を泊めることなく棹を使い、流れに逆らって神田川上流へと進めた。

「朝早くから申し訳ございません、左吉さん」

仙右衛門が詫びた。

「商売が商売ですよ、朝駆けはままあることです。気になさるな。それよりご両者、通夜で眠りが短いのではございませんかな」

「わっしは二刻（四時間）ほど眠りました。わっしらの御用も三日四日寝ずに走り回ることもございます。体ってのはよくできてますな、眠る時間がないとなれば歩きながらだろうと、飯を食いながらだろうと眠る癖がついてましてな。横になって二刻ぐっすりと眠れれば御の字です」

仙右衛門が笑った。

「それがしも長屋に戻り、姉様が床を敷いたところに転がり込んで眠り、朝も姉様に起こされたくらいで番方と同じくらい熟睡しておる」

「なによりです」

不意に政吉船頭が船唄を歌い始めた。

幹次郎が初めて聞く喉だった。渋い声でなんともいい節回しだった。

むろん政吉は喉を自慢するために歌っているのではない。上流から下ってくる舟に下流からも舟が上っていることを知らせるために歌っているのだ。

政吉が数曲、幹次郎が耳にしたことのない船唄を歌ったとき、神田川の下流から春の日が昇ってきて、朝靄が急に逃げ出すように薄れていった。

「政吉どの、どうやら若いうちは砂利場の七助親方らと江戸の遊び場をのし歩いていたようでござるな」

ふっふふ、と笑った政吉が、

「芸無しがただひとつ覚えているのが、船唄でしてね、深川の女が教えてくれたものですよ。なんでも女の父つぁんが木場の川並だったとか。いい喉でしたが、わっしのはしわがれ声だ。声を張り上げると鵜でも鳴くようだ」

若い時代を思い出したように言った。

「昨晩、七助親方を送っていかれたようじゃな」

「古い仲間がだんだんと少なくなってきまさあ。七助親方にはもう少し頑張ってもらわないとね」

「政吉さんも七助親方も隠居をするには早かろう。親方は花郎の一件で吉原が嫌になったであろうか」

「いいえ、それがね、あんな目に遭っても、花郎には感謝していると言っていましたよ。かみさんを亡くして女も知らず必死で働きづめ、そのおれにこの世に女って観音様がいると思い出させてくれたのが花郎だって。この歳でいい思いをさせてもらったって、帰り舟で同じことを繰り返していましたよ」

「なんとも人柄のいい親方だ」

「あれでも若いころは乱暴者で通っていましたがね。遊び人四、五人と大立ち回りをしてさ、ひとりで相手をのしたこともあったかね」

政吉船頭は櫓に替えて船足を上げて、猪牙舟を進めていた。いつしか上水、小石川御門下を過ぎていた。

「神守様、七助親方のことを持ち出されたのはなんぞお考えがあってのことのようだね」

仙右衛門が訊いた。

舳先に座った左吉は煙管で薩摩を吹かしていた。ために舟の中に煙草の香りが薄く漂って流れていく。

「近ごろ歳にござろうか。余計な節介ばかりを考えるようになった」

「ほう、神守様がね、砂利場の親方にかみさんでも紹介しようというのですかえ」

「当たらずとも遠からずだが、余計なことだな」

「そこまで言ったんだ、思いついたことを最後まで話してみませんかえ」

「番方、笑うてはならぬぞ」

「神守様が珍しく念を押されますな」

「七助親方をもう一度吉原に招いてはならぬか」

「わっしら、会所の者ですぜ。客がひとりでも多く大門を潜ることは大いに歓迎ですよ。七助親方の敵娼が浮かんでおられるようだ」

「竹松の筆おろしを買って出てくれた萩野さんはどうだろうと思ったのだ」

「三浦屋の女郎が汚した一件を三浦屋の女郎で返そうって策ですかえ。考えましたな。竹松の観音様は一夜の夢、なによりこれからは何年もの料理人修業だ。萩野を身請けするなぞ考えもつきませんしね。たしかに萩野ならば器量よし、人柄よしだ。よい組み合わせかもしれませんな」

仙右衛門が言い、考え込んだ。

猪牙舟は三人の男の勝手な想いを乗せて朝の神田川を遡上していった。


源兵衛村は、戸塚村の東に位置して、神田上水を隔てて下高田村があった。戸塚村の百姓源兵衛が開発した新開地ゆえこの名が付けられたという。元禄（一六八八〜一七〇四）以降に戸塚村から分かれて、別村になったという。将軍家の祈禱寺でもある亮朝院は源兵衛村と下戸塚村の村境にあった。

左吉は亮朝院の門前で手を合わせ、箒を手に三人の男たちを見る小僧に、

「この界隈に榊昇五郎の隠居様が住んでいるはずだが知らないか」

「江戸の人だね。近ごろはご隠居様、もう仕事は受けないってさ」

「小僧さんまで隠居様の仕事を承知かえ。そうじゃねえ、ちょいとお尋ねしたいことがあって面を出しただけだ」

ふーん、と鼻で返事をした小僧が、

「この刻限は馬場だよ。家に行くよりそっちで会えるよ」

「馬場ってのは下戸塚村の馬場だな」

仙右衛門が念を押した。

「この界隈で馬場といえばさ、越後新発田浪人中山安兵衛様が甥・叔父の契りを交わした仲の菅野六郎左衛門様の決闘を助けてさ、獅子奮迅の働きで敵数人を討ち取った高田馬場だけだよ。おまえさん方、その中山様が赤穂浪士の堀部安兵衛様って知っているかい」

寺の小僧はたちどころに仙右衛門の念押しに応えてみせた。

「小僧さん、高田馬場が広いことも承知だ。どこに行けば榊の隠居に会えるかな」

「馬場の広さは東西百八十間（約三百二十七メートル）、南北二十六間（約四十七メートル）、周りは半里もあるか。真ん中近辺に竹竿が立ってさ、吹き流しが見えるよ。その下にご隠居様は陣取って、馬乗りを見物しておられるから直ぐ分かる」

「小僧さん、助かった」

仙右衛門が礼を述べると、

「兄さん、長半纏の襟になんて書いてあるんだ」

「吉原会所だよ。小僧さん、まだ字は習ってないかえ」

「寺の小僧は読経、写経と字習いは毎日やらされるんだよ。吉原会所くらい読めるさ。小さくって読めなかっただけだよ。吉原って花魁のいるとこだよね」

「小僧さん、吉原の講釈をしろってか、修行に差し支えるんじゃないか。大きくなってその気になったら、会所の仙右衛門を名指しで訪ねてきてくんな。悪いようにはしないからさ」

小僧にそう言い残した仙右衛門は幹次郎と左吉に合図をして、早々に亮朝院の門前から高田馬場に向かった。

朝まだきの空気を乱して馬の嘶きやら弾む息遣いが聞こえてきて、馬場の西端に出た。すると馬の調練やら流鏑馬の稽古が広い馬場のあちらこちらで行われているのが見えた。

「竹竿に吹き流しとはあれではござらぬか」

幹次郎が馬場の東の方角に立った竹竿を指した。その下に階席（きざはし）が設けられ、数人の人影があった。

「どうやらそのようですね」

左吉が言い、竹竿に向かって足を速めた。

吹き流しは風の方向や強さを確かめるものか。その下に馬乗り袴の武士や流鏑馬の形の若侍がいた。

階席の離れた場所に独り瓢箪から杯に酒を注ぐ老人がいた。着流しの腰に小刀を差し、袖なし羽織を羽織っていた。革の煙草入れといい、小刀といい、召し物といい、すべて上質の品と直ぐに分かった。左吉と同業の榊昇五郎の商売の稼ぎが莫大（ばくだい）であることを裏づける形だった。

「榊のご隠居様」

左吉が声をかけると老人が瓢箪酒を注ぐのを止めて、声の主を振り返り、

「おや、身代わりの左吉さん、珍しいこともあるものだ。われらが顔を合わせるのは小伝馬町の牢と決まっているのではなかったか」

「隠宅（いんたく）まで押しかけて申し訳ございません」

「数少ない同業のそなたを追い返すわけにもいくまい。こちらに参られよ」

手にした杯の酒を呑み干し、軽く虚空に振ると、

「まあ、一杯」

と差し出した。

幹次郎と仙右衛門はふたりの様子を階下から見守っていた。

形は立派だが、榊昇五郎の痩身には重い疲労が宿っていた。頰が殺げ、無精髭が生えている。幹次郎は宿痾を負っているのではないかと推測した。

杯を両手で受けた左吉が、

「頂戴します」

と言うとゆっくりと呑み干し、

「ご隠居と酒を呑むなんて初めてにございますな」

「身代わり稼業の仕事場は牢屋敷、あそこでは酒、煙草、女はご法度じゃ。揚がり屋と大牢の格子越しに杯のやり取りもできんでな」

と応じた榊が幹次郎らを見て、

「吉原会所の面々じゃな、こちらに参られよ」

と階席の上へと手招きした。

「左吉さんは案内人か」

「へえ」

「用は角間鶴千代どののことじゃな」

榊昇五郎が言い当てた。

「驚きました」

「左吉さん、言葉と裏腹に驚いた様子などこれっぽっちもないな。なにが知りたい」

「ご隠居は角間鶴千代様と揚がり屋に一緒にしゃがんでおられたそうな」

「わずか数日じゃがな」

「角間様が江戸を騒がせておることをご存じですな」

「承知しておる。銭を賭けて走り合いをしているそうな」

「榊様、わっしは吉原会所の番方仙右衛門にございます。本日は左吉さんに無理に願って、こちらまで押しかけ、申し訳ございません」

「番方、いまさら無用な言葉を重ねるでない。用を聞こうか」

「へえ、ただ今、吉原を舞台に角間鶴千代様と選りすぐりの五人の走者との五夜連続の走り合いの企てが、とある読売屋から申し込まれております。吉原としても夜桜のあとの客寄せが欲しいところ、なんとか実現に漕ぎ着けたいのでございますよ。ところが角間鶴千代様が牢屋敷に入っていたと左吉さんから知らされ、どのような罪咎で牢屋敷に入っていたか、知りたいと思いましてな。それからもうひとつ、角間鶴千代様がなにか隠された企てを持って走り合いをしておられるのではないか、この点が吉原会所としては気がかりでございましてな。なにしろ、大金が動く話にございます。慎重の上にも慎重を期さないと客寄せどころか、吉原の評判を落とすことになります。そこでかように調べさせてもらっております」

仙右衛門の言葉にしばし沈黙で応じた榊の隠居が、

「吉原もあれこれと気苦労が多いことよのう」

と呟いた。

「およその話は角間鶴千代どのから聞いておる」

「やはり牢屋敷の徒然に身の上話をされたのでございますか」

と左吉が言った。

「左吉さんや、それがし、最後の務めと思うて身代わりに牢屋敷の揚がり屋に入ったはいいが、いささか体調を崩してな、そのことを家人に伝えさせたのだ。そなたなら牢屋敷から外へ連絡をつけることなど、そう難しいことでないことを承知だな」

「牢屋敷の下人にいくばくかになにがしか摑ませれば大概のことはできますでな」

「ということだ。それがしが家人に連絡をつけた翌日、なんと角間鶴千代どのが牢屋敷に入ってきた。牢屋敷を出るのに銭を使うのは分かるがな、角間どのは牢屋敷の揚がり屋に入るのに大金を使われた」

「ご隠居、牢屋敷で角間鶴千代様と知り合われたのではないので」

「いや、それ以前から角間どのとは知り合いでな」

「ご隠居の体を案じて牢屋敷に角間様はわざわざ入られたので」

「左吉さん、念を押す要もない。牢の入り方はわが家人が角間どのに伝授し、お膳立てを整えたのだ。そなたに言うことでもないが、われらには町奉行所、牢奉行所とそれなりに手蔓はあるでな」

「なんとね」

「左吉さん、もはやそれがし、稼業は仕舞いだ。身代わりなんて奇妙な仕事をなすのは左吉さんだけになった」

榊昇五郎が淡々と言った。

「榊様、角間様が牢に入られた理由はしかとさようですな」

「番方、左吉さんにもそう答えておろう」

「しつこくて申し訳ございません。榊様、今ひとつの疑問でございますが、存じておられますか」

「角間どのになんぞ秘めた事情があって、金子を賭けた走り合いをしておるという一件か。これについてはそれがしも知らぬ」

と榊が言った。

ふうっ、と仙右衛門が息を吐いた。

「わざわざかような江戸外れまで来て気の毒であったな」

「いえ、角間鶴千代様が牢屋敷に入った経緯だけでも知ったのは収穫にございます」

「馬場では江戸の方に持たせる手土産とてない」

「わっしらもなんの用意もしておりませぬ。そのような斟酌は無用に願います」

「まあ、高田馬場に参ったのだ。馬の走り合いを見ていかぬか」

榊昇五郎が言ったとき、五つの時鐘が高田馬場に伝わってきた。すると、
ぶうっ
法螺貝の調べが呼応するように鳴り響き、階席の左側に若侍を乗せた馬が三頭

現われた。すると柵の外に地元の者か、三々五々見物客が集まってきた。馬場では流鏑馬や馬術調練の合間にかような催しも行うのか。

「高田馬場の近ごろの名物でな、当代の馬の乗り手が競い合う」

榊が説明し、瓢箪から杯に酒を注いで見物の態勢に入った。

三頭が出走点に並んだとき、そこから三十間（約五十五メートル）ほど前方にひとりの若侍が姿を見せた。短袴の足袋跣で額に白鉢巻きをしていた。

「こりゃ、驚いた。角間鶴千代様のご登場でございますな」

左吉が榊に言った。

「この御仁、時折り馬場に現われて柵の外で馬と走り合いをしておった。そんなことでそれがしと知り合いになったのだ」

「いつのころからですか」

幹次郎が訊いた。

「初めて見たのは二年も前のことであったか」

「そういえば読売屋の代一さんから馬と走り合いをしていると聞きましたが、真だったのですね」

「馬が走る距離は一丁半つまりは九十間（約百六十四メートル）、角間鶴千代どのは一丁つまり六十間（約百九メートル）だ」

「横山同朋町の長屋を出た角間鶴千代どのはこの界隈に住まいしておられるのでございますな」

「そう考えてよろしい」

幹次郎の問いに榊の隠居が答え、

「馬と人が走り比べして人が敵うわけもない。だがな、角間どのに半丁前から走り始めさせると、なかなかの見物となる。毎朝、この刻限になると噂を聞きつけた野次馬が人馬の走り合いの見物に現われる」

いつの間にか柵の外にはそれなりの人の群れが集まってがやがやと騒いでいた。

ぶおおっ
と法螺貝が鳴り響いた。

一瞬、静寂が訪れた。

出走点に太鼓が用意されてあって打ち手が撥を構えて立った。

「一、二のドーン！」

と撥が太鼓を打つと馬三頭が逸り立って虚空に飛び上がるようにしたあと、前方へと走り出そうとした。だが、半丁先の角間鶴千代は中腰の姿勢から太鼓の音と同時に踏み出して、いきなり全力疾走に移った。

馬三頭がそれを追いかけるように走り出した。

角間はすでに前傾姿勢で一気に一丁先の到達点に向かっていた。

馬三頭がようやく全力疾走に入った。すると後方から追ってきた馬三頭と角間の距離が見る見る縮(ちぢ)まってきた。

角間鶴千代が階席前を通過して、
わあっ！

と見物人が歓声を上げた。

角間が幹次郎らのいる前に差しかかった。まるで鳥の羽のように軽い走りだったが、後ろから力強くも砂塵(さじん)を巻き上げて馬が差を縮めてきた。三頭の中でも葦(あし)毛(げ)の馬が体半分差をつけて、十間余先の角間鶴千代を追ってきた。

「さあ、行け、逃げるんだよ、鶴千代様！」

声援と大歓声が上がった。だが、到達点の十数間前でついに葦毛は角間鶴千代と並んだ。

（抜かれた）

とだれもが思ったとき、鶴千代がさらに力を加えて葦毛と並走した。が、さすがに並走も一瞬で、ついに葦毛が前に出て到達点を駆け抜けた。

鶴千代は二頭の黒毛とぶちに追いすがられていた。

到達点の一間（約一・八メートル）手前で鶴千代と二頭の馬が並んでそのまま一線を越えたかに見えた。

幹次郎は鶴千代が胸を突き出した分、早かったように思えた。

「今朝はなんとか二位に残れたな」

と榊が満足げに言い、仙右衛門は馬と毎朝走り合いをするという角間鶴千代の脚力にただ驚いて言葉もなかった。

第五章　五人目の走り手

一

仙右衛門と幹次郎が吉原会所に戻ってきたのは昼過ぎの刻限だった。直ぐに四郎兵衛の控える奥座敷に通されると読売屋『世相あれこれ』の主の浩次郎がふたりの帰りを待っていた。

「どうでした、角間鶴千代さんの行方は摑めましたか。源兵衛村ではなにか収穫がございましたかな」

浩次郎が矢継ぎ早に訊いた。

浩次郎に頷き返す仙右衛門の顔色を見ていた四郎兵衛が、

「浩次郎さんや、よい知らせがもたらされるようだ。まずはふたりに喉の渇きを潤してもらいましょうかな」

　茶を手際よく淹れてふたりの前に供した。

「七代目、頂戴します。なにしろ春の日差しとて遮るものもない馬場にいたんで喉がからから、埃まみれでございますよ」

　と応じた仙右衛門と幹次郎は温めに淹れられた茶を喫してひと息ついた。

「ほう、馬場にな。源兵衛村は戸塚村から分村したところ、あの界隈で馬場といえば浩次郎さん、中山安兵衛の決闘で名高い高田馬場にございますぞ」

「となるとやっぱり仇討がらみですかね」

　四郎兵衛と浩次郎が期待を込めて話を展開した。ようやく落着いた仙右衛門が、

「七代目、浩次郎さん、角間鶴千代様と会いましてございます」

「なにっ、走り屋侍と会ったって。それは上々吉の知らせですよ。で、吉原での走り合いの企てを進めてもよいのですな」

　浩次郎が結論を聞こうと急いだ。

「まあ、浩次郎さんや、ふたりが角間鶴千代様に会うたと言うのだ。あれこれと思いもかけない話になったかもしれぬ、そう急かすものではありませんぞ。私どももも肚を据えてゆっくりと報告を聞きましょうかな」

「七代目、それは分かってますがな。こちらにも事情がございましてな。近ごろ、読売屋の競争が激しくて、よほど変わった話でね、関心を惹くネタじゃないと売れないのでございますよ。こたびの話、五夜続きの大ネタ、『世相あれこれ』が浮くか沈むかの大芝居と考えますすとな、落ち着いてもいられませんので」

「吉原としても大金を賭けての客寄せです。ここはじっくりと仕掛けるところです」

四郎兵衛が浩次郎を宥め、仙右衛門に話の続きをするように頷き返した。

「角間鶴千代って侍ですがな、毎朝、高田馬場で馬と走り合いの稽古を積んでおられましたので」

と前置きした仙右衛門が、身代わりの左吉の案内で同業の榊昇五郎に会った経緯やらその後の見世物の様子やらをふたりに克明に話した。

「な、なんと驚きましたな、馬と走り合いをしているですと。そんな話は代一から聞いたような気もしないでもございませんが、真の話だったんだ」

浩次郎が感心し、さらに言い足した。

「一丁半と一丁、走る距離に差があるとはいえ、四脚の馬三頭を相手に二位に食い込むとは大したものですな」

「走り合いの場が砂地の馬場です。四脚の馬と違い、二本足の人はどうしても足を取られます。砂地であれだけの走りを見せられる角間鶴千代様の足腰は尋常ではございませんな。飛脚屋の足自慢程度では太刀打ちできますまい」

仙右衛門が浩次郎の感嘆にこの言葉で応じた。

「番方、飛脚屋は何里も駆けるのが商売です。一瞬にして決着がつく一丁ほどの走り合いとは勝手が違いましょうからな」

「いえ、七代目。角間鶴千代様の稽古を見た感じでは何里の走り合いでも飛脚屋を負かすかもしれません。馬との競走が終わったあとのことです。高田馬場の広い馬場の周りを半刻ほど駆け足したり、早足に変えたりと足腰を入念に鍛える稽古を見せてもらいました」

「番方、足の力と走力はほんものと見てようございますな」

「浩次郎さん、馬と走り合いをする者が他にこの世にいると思いますか」

仙右衛門の答えに浩次郎が満足げに頷き、四郎兵衛が話柄を変えた。

「番方、念押ししますが、小伝馬町の牢屋敷に入ったのは、榊昇五郎様の体を気にしてのことなのですな」

「へえ、左吉さんと榊様の話を合わせると、この両人には牢屋敷に勝手に出入りできる手蔓があるらしいのでございますよ。むろん身代わり相手が極悪人で重罪を犯した場合は無理にございますがな、いわゆる商いやら体面やらが原因で揉めごとが起こったものにかぎられます。人を殺めるのは論外ですが、喧嘩などで相手に傷を負わせた程度のことなら、幕府の処々方々に金を渡すと、身代わりが利くそうです。世の中には裏の裏があるものでございますな。

榊様と左吉さんの渡世は、地獄の沙汰も金次第というわけですよ。ましてこたびの一件、角間鶴千代様が牢屋敷の揚がり屋に入れられたのは、榊様が前々からあった右半身の痛みが酷くなったことを受けて、角間様が自ら望まれたことだそうです。金はそれなりに使うたようですが、出入りはさほど難しいことではないそうな」

「番方、話がまどろっこしいね。角間鶴千代様は人を殺めたり、刃傷沙汰を起こして牢屋敷に入ったわけではないのですな」

浩次郎が結論を急がせた。

「そういうことですよ」

「よし、これで角間鶴千代様は牢屋敷に自ら犯した罪咎で入っていたわけでないことがはっきりした。一歩前進と考えてようございますな」

浩次郎が仙右衛門に念を押すように質した。

「そういうことです」

「番方、角間鶴千代様ととっくり話ができたのですな」

「七代目、できました」

とそのときの様子を仙右衛門が話し始めた。


幹次郎と仙右衛門の前に汗みどろの角間鶴千代が姿を見せたのは三頭の馬との走り合いから半刻以上も過ぎた刻限だった。

「吉原会所のお歴々のお出ましにござるか」

鶴千代が仙右衛門を見て言った。

この日、番方は長半纏を裏に返して無印にして着ていた。だから、初対面の仙右衛門の正体が分かるはずもない。

「読売屋から考えもしない話を受けて、吉原なるものがどんなところかとくと拝見に行ったでな、官許の遊里を実際に牛耳(ぎゅうじ)っておるのは吉原の大旦那衆と吉原会所ということが分かった。その会所を動かすのが番頭格の番方仙右衛門どの、裏同心と呼ばれる神守幹次郎どのとあの界隈で聞いて分かった」

「ほう、全くそのような気配を感じませんでしたぜ。わっしら、商売柄、見張られていたり、訊き込みがなされたようなときは、なんとなく体にぞくりと感じるし、だれかが会所に知らせてくるものですがね」

仙右衛門が言うと鶴千代が笑った。そして、榊昇五郎の足元にあった風呂敷包みから手拭いを出すと上半身裸になり、汗を拭い取った。

しなやかな五体に強靭な筋肉と稀有の力を秘めていることを幹次郎は感じていた。

「番方、それがし、敵意を持ってそなたらを見ていたわけではない。ゆえにそなたらの警戒心に触れなかったのであろう」

「いかにもさようかもしれません」

仙右衛門の頷きに爽やかな笑みを顔に浮かべた角間鶴千代が、

「それがし、吉原で走ることができようか」

と質したものだ。

「そのためにわっしら、身代わりの左吉さんの案内でわざわざ高田馬場まで足を延ばしたのでございますよ」

「で、それがしのなにが知りたい」

「角間鶴千代様、江戸で銭を賭けて走り合いをするのは稼ぎのためですかえ、それとも他に隠された曰くがあってのことですかえ」

仙右衛門が肝心なことをずばりと訊いた。

「それがはっきりせぬと、この企ては実現できぬか」

と角間鶴千代が反問した。

「というわけではございませんがな、わっしら吉原がこの企てに食指を動かしたのには曰くがございます。このご時世に掛け値なしに己の力で勝負して、わずかの間に二分ほどですが金を稼いで、さあっと人込みに消える若侍がいる、そのことです。だれだって、どんな御仁か、なぜかようなことを繰り返しているのか知りたいと思いましょう、それが人情というものです。さて、これからが肝心なところでございますがな、角間鶴千代様は走りを見た衆に爽やかな印象を与えなさる。そいつを吉原は買って、あわよくば吉原に新たな客を呼び込む催しにと考えたのでございますよ」

「それがしは吉原の人寄せか」

「いかにもさようです。そして、読売屋『世相あれこれ』は己の読売を売らんがために吉原にこの企てを持ち込んだ。話を聞いて嫌になりましたか」

「いや、そのほうのように素直に話す御仁は江戸には滅多におらぬでな、本音で話す者のほうが信用が置ける」

と答えた鶴千代は、幹次郎らに背を向けて稽古着を脱ぐと着替えをした。そして、着流しに締めた角帯に榊昇五郎の傍らにあった黒塗りの刀を落とし差しにした。

「角間様、こたび、わっしらは大門外、五十間道を使って競走してもらうことを考えています。走り出す場所は土手八丁と呼ばれる日本堤の見返り柳です。そこから衣紋坂を下って五十間道に入り、大門前までを走り合いの場と考えておりまず。読売屋の代一さんは、当初仲之町でと願ったようですが、角間様のご存じのように御免色里の廓内での催しは、町奉行所の許しが要りまして、なかなか厳しゅうございます。そこで大門外に場を変えました」

「衣紋坂、五十間道と呼び分けるが日本堤から大門外までを五十間（約九十一メートル）と考えればよいのだな」

「いかにもさようです。元吉原から浅草田圃に吉原が移された折りの道は、日本堤から大門まで一直線でございまして見通しがようございました。ところが日本堤を公方様が鷹狩りに使われるというので、幕府の命で三曲りに整えられ、衣紋坂上から大門は覗けなくなりましてございます。そこで三曲りにした分、五十間の長さより十数間は長うございましょう」

「それがしにとってなんら差し障りはない」

と鶴千代が答えた。

「角間様の返答を直に聞いたあと、催しをいつ行うか、どのような形にするか考えを纏めることになろうかと存じます」

「その他に、話し合われておることがあるか」

「ひと晩だけの余興ではなく、宵闇に五晩続けて相手を変えての走り合いというのはいかがです」

「五夜な、相手は決まっておるか」

「それもこれも角間様の返事を直にいただいたあとに急ぎ人選に入るつもりにございます。そんなわけで榊様に角間様のことをお訊きしようと思い、源兵衛村に訪ねてきたところでございますよ」

「江戸じゅうを探せば隠れた健脚はおろう。楽しみにしておる」

「ならば人選を始めてようございますので」

「よい。ただし、五晩目の相手は空けておくがよい」

「角間様に心当たりがございますので」

「ない」

「ないのに空けておくのでございますので」

「当夜、それがしとの走り合いを望む者が出てきそうな気が致す」

ほう、と仙右衛門が首を捻った。

「角間どのはどうやら心当たりがあってのことのようじゃ、番方。この五晩目の走り手の出現こそ、角間鶴千代どのが金子を賭けての走り合いをしている曰くではないかな」

幹次郎の言葉に仙右衛門が角間鶴千代を見た。

「裏同心どの、判じ切れぬことが一つふたつあったほうが新たなる催しは盛り上がると思わぬか」

「ものは言いようにございますな」

と答えた仙右衛門が、

「この大門外五十間道五夜通しの走り合いの仕度に二十日からひと月はかかりましょう。それでようございますか」

「二十日からひと月か、人を選ぶのだけでもそれくらいはかかろうな」

「角間様、お願いがございます。今後、町中での走り合いはやめにしていただきたい」

「それがしが負けると申すか」

「いえ、催しというもの、見物人を首を長くして待たせることも大事にございますでな。ただし『世相あれこれ』でこれから吉原大門外の走り合いの予定を連日のように書き立てさせます。必ず江戸じゅうが沸き立つ企てになりましょうし、当夜、大勢の見物客が押しかけましょう」

　と答えた仙右衛門が、

「角間様からのご注文はございませんか」

「五夜目を空けておくことがそれがしのただひとつの願いである」

「走り合いの報奨(ほうしょう)は五夜すべてを制して五十両」

「吉原会所に任す」

　と答えた角間鶴千代が濡れた稽古着を包んだ風呂敷包みを手に提げ、

「榊様、お手を」

　と言うと榊の隠居の左手を支えて、階席をゆっくりと下り始めた。

「身代わりの左吉さんや、吉原会所はそなたのお陰で下戸塚村まで来た甲斐があったようだ」

榊が階下で待ち受けていた左吉に笑いかけた。

「隠居、世話をかけました」

「おまえさんがまさか吉原会所と縁があるとはね」

左吉もゆっくりと角間に手を引かれて下りてくる榊に笑いかけ、

「神守幹次郎様と知り合うたのが吉原会所に縁を持ったきっかけでございますよ」

「そうか、吉原裏同心と呼ばれる御仁、なかなかの凄腕じゃそうな」

榊が幹次郎に視線をやった。

「とかく噂というものは尾ひれがつくものにございます」

「そう聞いておこうか」

幹次郎の言葉に榊がそう返事をして、左吉が、

「ご隠居と小伝馬町で会えないと思うと寂しゅうなりますよ」

「身代わりなんて裏稼業はいつまでもやるものではない。わしも長くやり過ぎた。

左吉さんや、引きどきを考えておくことだ」

角間の介助で榊昇五郎が階下に到着し、そこに立てかけてあった杖を手にした。

角間は最前馬と走り合った馬場の柵に近づき、馬場の状態を走路を確かめるように見ていた。

すうっ

と幹次郎が角間鶴千代に近づいたのは、そのときだ。

気配を消して和泉守藤原兼定を抜き打ちにして、角間鶴千代の無防備な脇腹から背を襲った。

ふわり

と柵の横木に両手をかけ、角間鶴千代の体が虚空に舞い上がった。

空しくも幹次郎の抜き打ちは、空を切った。

そのとき、鶴千代は柵の横木に両手を掛け、逆立ちしていた。その後、片手に風呂敷包みを提げた若侍は、

にっこり

と笑いかけた。

「吉原裏同心どのに背を向けてはなりませぬな」

「ご隠居、それがしの腕などこの程度のものです」

後ろを振り返った幹次郎が榊昇五郎に言った。

「そなたも本気を出したわけではあるまい。それにしても角間鶴千代さんにさような芸があるとはな」

と未だ柵の上ですっくと逆立ちをする鶴千代に話しかけた。

「ご隠居、ぞくりとしましたので咄嗟に」

「なかなか尻尾を見せぬふたりかな。吉原大門外の走り合い見物に行きとうなった」

榊昇五郎が呟いた。

「神守様、角間鶴千代様の正体はなんでございますな」

と四郎兵衛が訊いた。

「忍びにしては生まれ持っての徳と品を感じます。どこにどう住み暮らしてきたか、正直推測がつきませぬ」

幹次郎の言葉に頷いた四郎兵衛が、

「浩次郎さん、大門外の走り合いの企て、進めますな」

「もう引けませんや。それに角間鶴千代様に謎めいたところがあったほうが、読売としては食いつきがようございますでな。七代目、うちの読売で角間鶴千代様との相手四人の募集を始めてようございますな」

「集まりましょうかな」

「大勢集まりますよ、その中から四人に絞り込むのが大変だ」

「なんとか手順を考えないといけませんな」

このあとも走り合いの相手を募集し、四人に絞り込む手順が話し合われ、『世相あれこれ』と吉原会所が共同で仕掛ける、角間鶴千代五夜通しの大門外五十間道走り合いが正式に決まった。

二

数日後、衣紋坂見返り柳付近に十六人の若い衆が集まり、思い思いの形で足腰を解していた。裾を絡げて帯の後ろにたくし上げている者、裸足あり足袋跣あり草鞋あり、鉢巻き襷掛けがあるかと思えば、腹掛けに股引姿あり、とまちまちだ。

『世相あれこれ』で募集したところ、応募者がなんと百数十人も呉服町北新道の裏路地に押しかけ、大変な騒ぎになったという。

むろん健脚自慢の者が多かったが報奨の十両に惹かれて応募してきた年寄りも

見受けられた。最年長は六十八歳であったという。

それでも募集した以上は等しく機会を与えて選別に臨んでもらわねばならない。『世相あれこれ』では、ネタ拾いの代一らがこれらの応募者を引き連れて日本橋川の河岸道に行き、七、八人ほどを一組にして走り合いをさせ、各組の一位の者十六人を残し、かくして五十間道の走路での二次選考の走り合いを試みることになったのだ。

「皆の衆に申し上げます！」

と代一が声を張り上げた。

「いいかい、これからふたりひと組で大門前まで走り合いをしてもらい、走力を見せてもらいます。ただし、一位になったからといって選ばれるわけではございませんよ。うちの読売には順次募集をかけますでな」

「なんだよ、この中から四人を選ぶんじゃないのか」

魚河岸で一番の走り手という若い衆が口を尖らせた。

「恒さんよ、相手の角間鶴千代様の走りは半端じゃないんだよ。某所で連日馬との走り合いの稽古をしているという猛者だ。あの走り屋侍と互角に走り合いをする相手は江戸広しといえどもひとりいるかどうかという話なんだよ」

「えっ、馬と走り合いだって。そんな奴がいるものか」

「いるからこうして角間様を負かす相手を選んでいるんじゃないか」

「あたいが負かすわよ」

となよっとした男が手を上げた。

「陰間の兄さん、頑張ってくんな」

「はーい」

と、陰間はまた柔軟運動に戻った。

「いいかえ、大門前に角間鶴千代様の走りをとくと承知の吉原会所のふたりが審査役で控えておられる。その方々がふたりして白旗を上げれば、今日のところは合格だ。だが、赤旗が一本でも上がれば、そこから銘々お戻りになって構いません、はい」

「冷たいな、日当は出ないのか」

木場の川並だという若い衆が尋ねた。

「うちの読売のどこを見てんだよ。厳しい走り手四人に選ばれ、角間鶴千代様と一対一の勝負に勝った者だけが十両を手にするんだ」

「五晩続けておれたちが勝ったら会所は毎晩十両を出すんだな」

「出す、吉原がそう天下に約した以上必ず出す。だがな、ひとりとして角間様を負かすことができなかったとき、五十両はそっくり角間鶴千代様のものだ」

「分かったわよ、あたいが勝つ」

陰間がまた口を挟んだ。

「ともかくだ、決戦に臨み、花の舞台の走り合いに出場したとしても負ければ報奨はなしだ。そいつはおまえさん方、得心ずくだろう」

「話は分かった、直ぐに選抜を始めよ」

若い浪人者が代一を急かした。

「よし、最初のふたり、魚河岸と木場の対決だ。いいな、おれが一、二、三でこの黄旗を振り下ろす、抜け駆けなしに走り出すのだぜ」

代一が最後の注意を与えて、一組目の走者が衣紋坂上に引かれた線の内側に立った。

五十間道の外茶屋や饅頭屋の奉公人が、変わった趣向を眺めているくらいで、見物人はいなかった。

刻限が刻限だ。昼見世前で衣紋坂から五十間道がのんびりしていた。

代一が首に掛けた竹笛を鳴らし、黄旗を上げた。ふたりの走り手が腰を落として両手を前後にして構えた。

「一、二、三！」

黄旗が振り下ろされ、猛然とふたりが走り出した。速いには速いが腰が浮き上がり、上体が突っ立った走りだった。木場の川並など顎を突き出しての走りだった。

神守幹次郎と仙右衛門は両手に赤旗と白旗を一本ずつ持ち、竹笛の響きを聞いて、三曲りしているために見えない衣紋坂の方角に視線をやった。

見返り柳辺りで小さな歓声が上がり、段々と近づいてきた。五十間道の奉公人が興味を持ったか、冷やかしているのかそんな歓声だった。

「走った走った」

という声も聞こえてきた。

幹次郎は竹笛を聞いて胸の中で数を数えながら、目を五十間道に凝らしていた。だが、なかなか走り手は姿を見せなかった。

五十間道の真ん中に近くの外茶屋で飼われている犬が寝ていたが、のっそりと起き上がった。

その直後にふたりの男が必死の形相（ぎょうそう）で大門前へと駆け下ってきた。顔を赤らめ、弾んだ息が聞こえた。

幹次郎と仙右衛門は、走りを見た瞬間、角間鶴千代相手では箸にも棒にもかからないことを悟り、さあっ、と赤旗を上げた。

それも知らぬげにふたりの走り手は大門前へと走ってきたが、仙右衛門が走路に出ると大門を背に立ち塞がって、大きく赤旗を振った。

「はい、そこまで」

「ああああ」

と魚河岸の若い衆がようやく赤旗に気づき、走りを止めた。そして、もうひとりも止まり、弾む息で、

「だめか」

「だめだめ、話のタネにもなりませんぜ」

仙右衛門が非情な通告をなすと、がっくりと肩を落としたふたりが衣紋坂のほうへと戻っていった。

半刻後、この日の五十間道走り合いは終わった。だが、ひとりとして幹次郎と仙右衛門に白旗を上げさせた者はいなかった。

会所の中から様子を窺っていた四郎兵衛が姿を見せ、

「ひとりもおりませんか」

「七代目、話になりませんや」

仙右衛門が答えたところに衣紋坂上から黄旗を持った代一が小走りに大門前へと姿を見せた。

「眼鏡に適(かな)った走り手はいませんか」

「七代目にも答えたところじゃが、これでは前途多難(ぜんとたなん)ですぜ、代一さん」

仙右衛門が答えると、

「よし、今日の様子を読売にしますでな、明日からうちで粗選(あらえら)びを厳しくして腕っこきを、いや、足っこきを連れてきます。早いうちにひとりくらい白旗が上がらないと、この企てそのものができませんからな」

代一は頭の中であれこれと考えを巡らしているのか、黙り込んだ。

「吉原会所の衆よ、なかなか思うようにはいかぬようだな」

面番所からふらりと姿を見せたのは隠密廻り同心の村崎季光だ。襟から出した手で無精髭を撫でながら、にたにたと笑っている。

「村崎の旦那、可笑(おか)しゅうございますかな」

「七代目、会所のやることではあるまい」

「いえ、新たなる客集めも吉原会所の大事な務めのひとつですぞ」

四郎兵衛が憮然として言った。その稼ぎに頼っておるのがそなただとは四郎兵衛も口にはしなかった。

「そうか、客集めな。七代目、ならば友の窮状に手を差し伸べるか。それがしが推薦(すいせん)する御仁をこの走り合いに加えてもらえるか」

「足が速いのでございますか」

「それがしの知り合いの両替屋の使い走りでな、江戸に散る仲間の店に上方(かみがた)からもたらされた銀相場を伝えて回るのが役目だ。走りひとつに利が上下するで、韋駄天のごとき走りをしよる。歳は十八になったばかり、すらりとした長い足でな、韋駄天の源吉(げんきち)ならば角間某に対抗できよう」

「ほうほう、それは有望な、出ていただけましょうかな。村崎様の推薦ゆえ、『世相あれこれ』の粗選びはなしにして、いきなりこの五十間道の二次選考に挑んでもらいます」

「よし、それがしが話をつけてくる。その者が選ばれるようなことがあれば、金子が得られるのだな」

と村崎が急に張り切った。

「角間鶴千代って走り屋侍に勝って初めて十両を手にできるのですよ」

「よし、それがしが口を利いたのじゃ、半金はわが懐に。十八で大金を持つとろくなことはないからな」

と呟きながら面番所に戻っていった。

「わっしもこれで。明日の仕度がございますので」

『世相あれこれ』のネタ拾いが村崎同心の背を睨んでいたが、呉服町北新道に戻るために大門前から姿を消し、急に五十間道が静かになった。

幹次郎は三曲りした五十間道の向こうから坊主頭の人物が姿を見せたのに気づいていた。

砂利場の七助親方だ。手首に数珠が巻かれて、数珠玉が春の日差しに光っていた。

「親方、浄閑寺に墓参りですかえ」

仙右衛門が声をかけた。

「花邨のあの死にざまですよ、だれも参る人もおるまいでな」

と答えた七助が、

「会所は変わったことをしておられますな。衣紋坂で見せてもらいました」

とだれに向けてとはなしに言い足した。

「吉原とて安穏と商いをするご時世ではありませんでな。それより親方はご奇特なことにございます。花郁に成り代わり、礼を申します」

「商いは倅と娘がやりますでな、わっしは花郁の供養でこれからの余生を過ごそうかと考えておりますのさ」

酷い仕打ちを受けたにもかかわらず馴染だった花郁に情けを尽くす七助に感心した四郎兵衛が会所に誘おうかと思った。

そのとき、幹次郎は思いついたことを口にした。

「親方のお気持ち、それがしもいたく感服致しました。ならばひとつ廓内の信心の場にお参りなされぬか」

「九郎助稲荷、開運稲荷、榎本稲荷、明石稲荷巡りですかな」

「いえ、天女池にある野地蔵詣でです」

「ほう、吉原に池があって野地蔵がありますか」

「遊女方が思い悩んだとき、哀しいとき、病の折りに参るお六地蔵です」

「ぜひ参りたい」

「案内します」

幹次郎は四郎兵衛に会釈すると白、赤の旗を番方に預け、大門を七助と一緒に潜った。

「野地蔵には謂れがあるのかねえ」

「親方、あります。天明七年（一七八七）十一月九日に吉原を焼き尽くす火事がございましたな。あの夜、多くの遊女が焼死致しました」

「あったな、そんなことが」

「その折り、天女池でも小紫という名の遊女が焼死しました。仮宅商いのあと、吉原が再建されたころのことです。下総結城から爺様と孫娘が野地蔵を抱えて吉原を訪れ、小紫の供養にと天女池に置いたのがお六地蔵の始まりでござった」

幹次郎はそう説明しながら、揚屋町裏の天女池に向かう蜘蛛道のひとつに七助を連れていった。

「焼け死んだ小紫は、爺様の孫ですかえ」

「いかにもさようです。連れていた娘は小紫の妹でござった」

「それで吉原の遊女衆がお参りにな」

幹次郎は、小紫が本当は生きておりあの火事を利用して足抜したこと、そして下総結城から吉原に野地蔵を運んできた爺様は、小紫が生きていることを承知であったことなどを七助に話さなかった。もはや小紫は死に、その妹のおみよは三浦屋の薄墨太夫の禿のひとりとして奉公していた。

うす暗い蜘蛛道を進んでいくと、

ぱあっ

と視界が開けた。

吉原の敷地は二万七百余坪に遊女、男衆、女衆と下働きが万余住み暮らしていた。その一角にある天女池だ。広い場所ではないが、蜘蛛道から抜けてくると、心身が解放されたような気分になった。

「なんと、吉原にこんな場所がありましたか」

七助が池の端に行って湧水が溜まった池を見た。

幹次郎は池の向こう岸、野地蔵の前に禿を連れた花魁がいるのを見ていた。三浦屋の薄墨太夫だ。

「ちょいとお待ちくだされ、親方」

七助に願った幹次郎は池の縁に巡らされた小道を伝って薄墨のもとに向かった。

幹次郎に気づいた禿が薄墨に伝えたので、薄墨が立ち上がり、

「神守様」

と微笑んだ。

薄化粧の顔が春の日差しに眩しかった。

「太夫、願いがござる」

「神守様の願いならばなんなりと」

「池の向こうにおられるのは花邨の馴染だった客のおひとりにござる。本日も浄閑寺に供養に参られたそうな」

「なんとあれほどの不義理をした花邨を許して供養をなさるお方がおられますか。それで頼みとはなんでございましょうな、神守様」

「この場に萩野さんを呼んではもらえぬか」

「ほう、またそれはどうした謂れでございますな」

「差し出がましいことは分かっておる。遊女が花邨のように手前勝手な者ばかりではないことを親方に教えてあげたいのだ。萩野さんは竹松どのの夢を叶えてくれた天女様であった。そのお陰で竹松どのは料理人見習いの道に励んでおる。それもこれも薄墨太夫が萩野さんに取り持ってくれたからじゃ」

「なんと」

薄墨が次の言葉を呑み込んだ。

「萩野さんは怒ろうか」

「いえ、萩野さんは神守様のお気持ちを汲んでくれましょう」

と答えた薄墨が禿に耳打ちして三浦屋に萩野を呼びに行かせた。

「七助親方、こちらにお出でなされ。野地蔵はこちらにございますでな」

と幹次郎が呼んだ。

天女池を回って、幹次郎と薄墨のいるところにやってきた七助の大きな体が薄墨を見て、はっとしたように竦んだ。

「神守様、薄墨太夫ではございませんか」

と茫然として呟いた。すると薄墨が、

「七助親方、同輩の花邨の所業、お許しくださいまし。同じ楼の抱え女郎として恥ずかしいかぎりにございます。遊女は一睡の夢を売る商いにございます、それを己が夢見ては外道に堕ちまする」

と腰を折って丁寧に詫びた。

薄墨の出は武家だ。このようなとき、そんな育ちが自然と醸し出されて、相手に真心が伝わった。

「太夫、わっしもこの歳で花邨に一夜の夢を見させてもらった者だ。なんの恨みもございませんよ」

と笑った七助が、

「野地蔵さんにお参りさせてくださいな」

と薄墨と幹次郎に挨拶すると、腰を屈めて数珠の両手を合わせた。

七助の合掌は長く続いた。

「会所では新しい企てを考えておられるそうな」

「大門外五十間道で五夜続けての走り合いにござる」

「読売によると走り屋のお侍様はなんとも俊足の持ち主だそうですね」

「数日前、高田馬場にて馬三頭と競い合う光景を番方と見物致しました。馬と差をつけての勝負にござったが、一番手に入られました。あれは偉才です、一場の見物にござった。それだけに相手を選ぶのが難しゅうござる」

と幹次郎が言ったとき、薄墨の禿が三浦屋の振袖新造の萩野を連れて姿を見せた。

「太夫、お呼びでございますか」

萩野の声に七助親方が合掌を解き、立ち上がった。すると萩野が、

「親方は、花邨さんのお馴染様にございましたね」

と挨拶した。

「おや、おまえさんも三浦屋の抱えにございましたかえ」

「はい」

「七助親方、先日話しましたな、小僧さんの夢を叶えてくれた萩野さんにございますよ」

「おお、おまえさんが」

七助がじいっと萩野を見つめ、薄墨太夫が、

「皆様、三浦屋に参られませぬか。一服茶を進ぜたいと思います」

と幹次郎の企てに乗ったように一同を誘った。

三

砂利場の七助親方の吉原通いがまた始まった。

夕暮れ、大門を潜り、吉原会所に挨拶して隣の引手茶屋山口巴屋に上がり、三浦屋の振袖新造の萩野を呼び、台屋(だいや)から膳を取って、仲之町の賑わいを見下ろしながら酒を呑む。

格別になにをするわけではない。萩野と話をして一刻（二時間）から一刻半（三時間）ほど時を過ごす。七助も萩野もさほど酒が強いほうではない、ほろ酔いになる程度で酒をやめ、ふたりして五十間道の甘味屋から汁粉や菓子を取って、また話し込む。

それが毎晩の習わしになった。三浦屋に行くことも三日に一度はあったが、格別に床入りをするわけでもない。それでいて、親方は萩野を一晩借り切るほどの金を山口巴屋に払っていく。

そんな無理を三浦屋の四郎左衛門が許したのは、花邨が七助になした不行跡、不義理があったからだ。

会所でも山口巴屋でもふたりの行く末がどうなるか、期待を込めて眺めていた。

そんなことがひと月も続いたか。

その宵、いつもより半刻ほど早く風呂敷包みを提げて茶屋に上がった七助親方は玉藻に、

「女将さん、無理を聞いてほしい」

と言い出した。

仲之町の茶屋の軒下にぶら下がった提灯に灯りは入っていたが、客を招く清掻

が気怠く流れる刻限であった。

「はい。なんでございましょうな。三浦屋様からも親方の申されることはなんでも聞くようにとの許しを得ております」

「萩野を呼んでほしい」

「いつものことではございませんか」

「もうひとつ、長くとは言わない、四半刻でいいんだ、三浦屋の旦那と薄墨太夫をこの場にお呼びできまいか。それと会所の神守幹次郎様にも同席してもらいたいのだ」

「天下の薄墨太夫です、馴染の客が今宵も入っておるやもしれません。三浦屋さんに相談に行ってきます」

「女将さん、頼む」

玉藻は七助親方を二階座敷に待たせて三浦屋に掛け合いに行った。そして、うっすらと化粧をした萩野を玉藻が伴い、七助の座敷に上げた。それから四半刻も過ぎた頃合い、仲之町に、
ちゃりん
と若い衆が鉄棒(かなぼう)を引く音がして、黒塗り畳付きの下駄を履いた全盛を誇る薄墨

が、長柄傘（ながえがさ）を高々と差しかけられ、引手茶屋の山口巴屋まで花魁道中を始めた。

仲之町の素見客（ひやかし）の間に、

うおおっ

という嘆声（たんせい）が上がった。

七助親方と萩野は山口巴屋の二階座敷からふたりの禿を先頭に艶（あで）やかにも華やかにも展開される道中を見つめた。

三浦屋の薄墨太夫だ。

花魁道中は吉原の太夫だけに許された特権だ。仲之町をゆるゆると進んだ薄墨の一行は七軒茶屋のひとつ、山口巴屋の前で止まると清掻の調子が一転、明るいものへと転調し直ぐに消えた。

花魁道中はそれ自体が吉原の見世物であると同時に、引手茶屋で見世を張る狙いがあった。馴染の客を待ち受け、客が来ればいっしょに妓楼に戻るのだ。また客が来なければ五つ時分（午後八時）には楼に引き揚げた。

吉原の目抜き通りで顔見世して、その場で客を見立てることもあった。

花魁道中に続く客待ちは、

「仲之町張り」

と呼ばれた。むろん薄墨や高尾になると客が上がることが前もって知らされた上の仲之町張りだ。客を見立てて楼に行くようなことはない。

この宵の薄墨の花魁道中には三浦屋の主の四郎左衛門が続き、白地に鶴が舞う様子を縫い取りした打掛を羽織った太夫とふたりだけが山口巴屋の二階座敷に上がった。

座敷の端に神守幹次郎が控えていた。

「お客人、お招きにより参上致しました」

と凜(りん)とした声がして、薄墨が座敷に入った。

さすがは遊女三千人の頂に君臨する松の位の太夫の威勢である。その場の空気がぴーんと張りつめた。

山口巴屋の広座敷に薄墨と四郎左衛門が座すと、

「薄墨太夫、三浦屋の旦那、お呼び立てして申し訳ねえ」

と七助親方がふたりに詫び、そこへ四郎兵衛と女将玉藻が、

「ご一統様、よう参られました」

と挨拶に出た。

幹次郎は、いつもとは違う引手茶屋の様子を座敷の隅から眺めていた。

「三浦屋の旦那、吉原の仕来たりを破る勝手をようも許してくれましたな」

「七助親方の無理はどんなことでも目を瞑る気でおります」

「その言葉にいつまでも甘んじることは許されますまい。今宵で終わりにしようかと思う」

萩野がはっと驚きの顔を見せ、寂しげな表情へと変わった。だが、気丈にも、

「なんとも楽しい日々にございました。親方、お礼を申します」

と礼を述べた。それに頷いた七助が、

「三浦屋の旦那、最後の無理を聞いてはくれませんかえ」

七助は持参した紫の風呂敷包みを、すいっと四郎左衛門の前に差し出し、

「わっしは砂利屋だ、粋とか伊達とかには縁がねえ、吉原の習わしも知らない野暮天だ。黙ってこいつを納めてくれませんか」

と言った。

だれの目にもそれが金子であることは察せられた。いや、ひとり萩野だけは中味がなにか、この行為がなにを意味するか理解が及ばなかった。

五百両はありそうな金包みだった。いくら三浦屋の抱えとはいえ、振袖新造の身請けには法外な金額だった。

「萩野、どうするな」

四郎左衛門が萩野に訊いた。

「旦那様、どうするとはどういうことにございますか」

「知れたことではないか」

四郎左衛門が懐から書付を出し、

「七助親方、これへ身請け証文を用意してございます」

と差し出した。すると七助が、

「さすがは三浦屋の旦那だ、呑み込みが早いや」

と感嘆し、

「包みを確かめずともようございますかえ。中味はうちが商う砂利場の錆砂利かもしれませんぜ」

「包みの中は親方の心意気でございますよ。中味がなにかはどうでもようございます」

四郎左衛門も言い切った。そして、抱えの振袖新造に視線を移すと、

「萩野、これはおまえが大手を振って大門を出ていくことができる道中手形だ、受け取りなされ」

と言った。

萩野は眼前に展開される出来事とやり取りを理解できぬようで両目を見開いて、その場にいる者を順に見回した。

その視線が薄墨太夫にいった。

「世間での名はおいねさんでしたね、親方のご厚意を受けなされ」

「薄墨様、どういうことにございますか」

「親方がたった今、そなたを身請けなされたのですよ」

えっ、と萩野が七助を見た。すると坊主頭をぴしゃぴしゃと叩いた七助が、

「太夫、わっしが買ったのは萩野の身ではねえよ、身請け証文だ。この先、そいつを萩野が行灯の灯りにくべようとわっしと一緒に大門を出るのを拒もうと、萩野次第だよ」

しばし四郎左衛門や七助の言葉の意味を吟味するように考えていた萩野が、

「ご一統様、私は大手を振って大門の外に出ていける身になったと申されるのでございますね」

と念を押した。

「いかにもさようですよ、萩野」

吉原を仕切る会所の七代目頭取の四郎兵衛が笑みの顔で答えた。それでも萩野は自らの身に起こったことが信じられないようで七助に尋ねた。

「親方は私を遊里の外に出すと申されますか」

「嫌か」

「いえ、そうではございません。縛(いまし)めを解いたゆえ、さあ、私ひとりで空を飛べ、川を泳げと命じられますか。むごい仕打ちにございます」

「むごい仕打ちか」

「親方、吉原の外は西がどちらか東がどちらか知らない私にございます」

「そりゃ、困ったな」

「親方が手を引いて案内してくれなさると言われるならば、萩野は喜んで従います」

決まった、と四郎兵衛が言い、玉藻がぽんぽんと手を叩いた。すると三三九度の酒器が薄墨の禿によって運ばれてきて、座が改められた。

七助と、薄墨が自らの鶴模様の打掛を着せかけたおいねが並んで座り、禿が七助に盃(さかずき)を持たせて酒を注ぎ、花婿花嫁の三三九度の盃を呑み分けた。

薄墨が、僭越(せんえつ)ではございますがと断わって、

「高砂(たかさご)や、この浦舟(うらぶね)に帆をあげて」

と凜とした声で祝うてくれた。

幹次郎はこの様子を見ながら、

はぎの花　大門をでて　いね実る

と思わず脳裏に浮かんだ言の葉に苦笑した。

「おめでとうございます。おいねさん、七助親方と幸せになるのですよ」

「薄墨様、ご一統様、この恩、いねは生涯忘れることはございません。これからは親方とお身内様のために精一杯尽くします」

七助とおいねが手に手を取り合い、立ち上がった。

そのふたりが大門を出るに際して揉めごとが起こらぬように吉原会所の七代目頭取の四郎兵衛が従い、送りに行った。

禿が去り、その場に残ったのは四郎左衛門に薄墨、玉藻に幹次郎の四人になった。

「花邨が世間と吉原にしてのけた不行跡、七助親方が帳消しにしてくれなすった」

四郎左衛門が呟き、

「世間にはあのような気風のお方がおられるのですね」

と玉藻が感に堪えないように応じた。

「主様、この縁を取り持ったのは神守幹次郎様ですよ」

薄墨が幹次郎を見た。

「太夫、それがしは浄閑寺にお参りされた親方に天女池の野地蔵詣でを勧めただけにござる。あの場に太夫がおられたことが萩野さんに運を呼んだのです」

「七助親方と萩野の、いや、おいねの縁はどうやら神守様と薄墨のふたりが取り結んだようだね。神守様、ようやく私にも得心がいきましたよ」

四郎左衛門が残された紫色の風呂敷包みに目をやった。

幹次郎は薄墨太夫を山口巴屋の見世先まで送ることになった。階段の上で薄墨が幹次郎を顧みた。

「おいねさんはいいお嫁さんになりますね」

「太夫、このひと月あまり、親方がこちらに日参してこられたな。それがし、親方がこちらに見えておられる折りに深川三好町富島橋際にある親方の砂利場を訪ねて、末娘のおくまさんと倅ふたりに会うたのだ。子供たちが親父様の吉原通いをどう考えておるか、余計なことと思ったが訊きに参ったのだ」

「おや、さすがは吉原の人情裏同心様」

「太夫、からかうでない」

と困惑の幹次郎に、

「娘は親父様の後添い(のちぞい)には殊(こと)の外(ほか)厳しいものです。まして娘様とおいねさんの歳はあまり変わりありますまい。それに遊女上がりとなると」

「それがな、娘も倅も大喜びでござった。倅のひとりは、『親父はおっ母さんの代わりまでしておれたちを一人前に育てた上に商いも大きくしたんだ。これからはおれたちが頑張る番だ』と言い、『女郎さんが、親父のような年寄りでさ、坊主頭でいいと言うのなら、おれたちは大喜びだぜ』ともうひとりの倅は得心し、末娘は嬉し涙を流しながら、『お父つぁん、人柄のいい女郎さんに当たってよかったね、相手がうんと言ってくれるといいんだけど』と素直に受け入れてくれるというのだ」

「驚きました」

「驚いたであろう」

「いえ、神守幹次郎様という人の策士ぶりに感嘆したんですよ。萩野さんならばあの御仁とうまくいく、お子さん方とともに暮らしていけると踏んで、親方とうちの旦那に仕掛けたのでございますな。最前の旦那の言葉でようやく腑に落ちました。でなければ片方が金包みを、もう片方が身請け証文を用意するなんてことがあろうはずもないもの」

薄墨が言った。

「太夫、世の中には以心伝心、阿吽の呼吸ということもあろう。それがしはただ成り行きを見ていただけでござる」

「ござる、ですか。神守様、私の身請けもお膳立てしてくれますか」

「本心にござるか。薄墨太夫なれば数多ある客から選んで身請けさせることなど難しいことではござるまいに」

薄墨がいきなり幹次郎の手をぎゅっと握り、

「この薄墨は吉原に骨を埋める覚悟をしております。だれのためかお分かりでしょうね」

と睨んだ。そして、手を離すと独り階段を下りていった。

萩野が七助親方に身請けされて数日後、江戸じゅうに派手に読売の『世相あれこれ』が売り出された。

その読売によれば、

「吉原大門外五十間道、五夜通しの大走り合い会、角間鶴千代様の相手の四人の出場者、決まる！」

と大見出しで、

「第一夜三月十五日、室町の両替商摂津堺屋奉公人、六尺走りの源吉、十八歳」

とあった。

この十八歳の走り屋は面番所の村崎季光同心の推薦の走り手で、大門前に連れてこられて走り合いをしたが、一緒に走った相手を十数間も離して、最後は足を緩めながら悠然と大門を走り抜けていた。背丈は六尺二寸（約百八十八センチ）でなんとも長い足をしていた。

「第二夜三月十六日、十七屋孫兵衛方定飛脚、早飛脚のすばしりの仁三郎、二十三歳」

『世相あれこれ』の一同が一番手に推薦した走り手で、五十間道では相手を先に行かせておいて、大門前であっさりと抜き返した健脚の持ち主だ。

「第三夜三月十七日、下総佐倉藩堀田家鑓持ち、橡田五郎次、二十七歳」

この者、堀田家江戸藩邸の重臣の強い要望で三夜目に選ばれた走り手だが、大門での走り合いには参加していない。

「会所に恥を掻かせるような者ではない。会所とも親しい留守居役が、走らせずともよい、ときに謎めいた出場者があってもよかろう。抜群の健脚は前もって走らせずともよかろう。かようなことを申し出るのは当家にとって恥とはならぬ確信があるゆえだ」

と強引に推挙された走り手だった。

「第四夜三月十八日、町火消弐番組ろ組、火消人足梯子持ちの燕の欽三、三十一歳」

燕の欽三もまた五十間道の走り合いで相手の前、一歩先を駆け通し、選抜する幹次郎も仙右衛門も迷ったが、ふたりして、

「全力疾走はすることなく、実力を隠しておる」

と判断しての推挙だった。

『世相あれこれ』に曰く、

「五夜目の角間鶴千代様の相手は角間様たっての願いで、当夜姿を見せる人物と

の競走と相成ります」

と報告し、

「角間様を負かした走り手には一夜十両の、五夜連続で走り手を退けた角間様には五十両の報奨あり」

と大門外五十間道での五夜通しの大走り合い会を煽り立てた。

あとは三月十五日を待つばかりだ。

四

弥生三月、吉原は一年中で最も華やぐ季節を迎えていた。

三月朔日に仲之町に桜を植え込み、その根元には山吹を添えて、その周囲を青竹の垣根で囲み、中には雪洞が立てられる。

そんな春の宵の十五日、雪洞に灯りが入り、清搔の調べが流れ、桜雲の中を薄墨と高尾のふたりの太夫が外八文字で花魁道中を行った。

仲之町に面した引手茶屋には馴染の上客が陣取り、桜並木に変わった仲之町で催されるふたり太夫の花魁道中を見物する至福の一刻を堪能していた。

「内証花見」の夕べだ。

内証花見とは楼が一日だけ見世を休み、馴染客を招いて遊女たちと買う買われるの立場を超えていっしょに過ごす行事だった。

吉原の夜桜の贅沢は、毎年異なった桜の木の花見ができることだ。

大門内、仲之町の待合ノ辻に一番大きくて、枝振りの見栄えがする桜が植え込まれ、水道尻へと蕾をつけた桜並木が延びていくのだ。そして、蕾が陽気に合わせて膨らみ、二分咲きから三分咲きと順を追って満開を迎える。

この桜の季節、吉原は極楽浄土へと変貌した。

時の移ろいは無常なり、栄華を誇った平家もまた壇ノ浦に滅亡した。盛者必衰は世の習い、花の命も短くて哀れなり。

花の散った葉桜の木々は仲之町から撤去される。来春にこれらと同じ桜が吉原に戻ってくることはない、なんとも贅を尽くした行事だった。

また蕾が一つふたつとほころび始めると、和歌の得意な遊女たちが枝に和歌を詠んだ扇子を下げる。そこで満開の桜と競い合う歌の扇子の競演になった。

毎年夜桜の季節は華やかだが今年は格別だった。

仲之町の桜の下を道中してきた薄墨と高尾太夫の一行が待合ノ辻に到着したそのとき、大門内外から大群衆がやんやの喝采を送った。待合ノ辻の大桜の下に雛壇が設けられてあった。

薄墨が吉原会所側、高尾が面番所側の雛壇に上がり、緋毛氈の上に悠然と座した。むろん振袖新造や禿も従った。

今年の春は、なんと大門外の五十間道まで桜並木が続いていた。いや、植え込みではない。外茶屋の二階軒下に桜の枝が通りに向かって差しかけられ、提灯が点されて、三曲りの向こう、見返り柳まで続いているのだ。

ちょんちょんちょーん！

と柝が入り、小粋な吉原被りの真新しい『世相あれこれ』と背に染め抜いた法被を着たネタ拾いの代一が白扇を手に大門前に立った。

閉じたままの白扇を大門内外の見物衆にゆるゆると回して、五夜通しの大走り合い会の開催を告げる口上を始めた。

「東西とーざい、大門の内外の皆々様に申し上げます。弥生三月、吉原が年中でいちばん爽やかにして華やかな夜桜の季節を迎えまする。

今年はそれに加え、天下一の俊足角間鶴千代様と選び抜かれた五人の走り手による見返り柳より大門前までの走り合い五夜が興を添えまする。

角間様はご存じの方も多かろうと思いますが、日本橋を皮切りに江戸じゅうの盛り場で走り合いを繰り返し、数多の強豪を破ってきた健脚にございます。それもそのはず、ふだんは戸塚村の高田馬場で馬と競いながら抜群の脚に磨きをかけておられる逸材にございます」

と一拍置いた代一が白扇を拡げて、ふたたび大門内から外へとぐるりと回し、注意を惹きつけた。

「読売屋『世相あれこれ』と吉原会所が江戸はおろか近郊にまで宣伝これ努め、角間鶴千代様に対抗すべき足自慢を四人とひとり、揃えましてございます。五人目の走り手は未だ正体不明、角間鶴千代様の強い要望で空けてございます。ですが、角間鶴千代様曰く、五夜目には必ず最強の走り手が名乗りを上げるそうな。

それはさておきまして、今宵一夜目の走り手は、吉原面番所の同心村崎季光様推薦の若い衆、室町の両替商摂津堺屋の奉公人、人呼んで六尺走りの源吉さんにございます」

紹介するとやんやの喝采がふたたび起こり、山谷堀で花火が宵闇の空に向かって打ち上げられて、催しを盛り上げ、大門の内外から歓声が上がった。

一連の花火が終わると代一が引き下がった。

すると継裃の四郎兵衛と巻羽織に着流しの面番所同心村崎季光が立会人の体で大門外に現われ、白い線が引かれた左右に立った。

幹次郎と仙右衛門は四郎兵衛の背後に控え、吉原が浅草田圃に引っ越して以来の大行事に目を光らせた。

このような催しのときは掏摸をはじめとする小悪党の稼ぎどきだ。それと幹次郎も仙右衛門も角間鶴千代が未だ胸に秘めた何かに危惧を抱いていた。それは角間鶴千代が当てにする五番目の走り手の出現にあった。一夜目から騒ぎが起こらないともかぎらない。

ふたりは大門内外に視線を巡らして異変はないかどうか探った。

五十間道の走路には縄が張られ、吉原会所の若い衆と地元の町火消の面々が警固に当たっていた。同時に彼らはふたりの走り手の走路を確保する役目を負わされていた。

五十間道の左右には大勢の群衆が今や遅しと催しの始まりを待っていた。また外茶屋や食べ物屋の二階や屋根には鈴なりの見物人がいた。廓内の客を合わせると数千人、あるいは万を数える群衆がいた。

不意に、

しいん

として、静寂が支配した。

一方、衣紋坂上見返り柳の出発点では、角間鶴千代と六尺走りの源吉がすでに半間（約〇・九メートル）の間を置いて並び立ち、線上に片足を乗せて合図を待っていた。

こちらの合図人は継裃姿の読売屋主人浩次郎だ。白旗を手に、

「ご両人、仕度はよろしいか」

「いつだってかまわないぜ」

面皰（にきび）をふたつ三つ顔に見せた源吉が言い、ちらりと隣の角間鶴千代の表情を窺った。

こちらは明鏡止水（めいきょうしすい）というか、無表情というか、ただ静かに立っていた。

（よし、おれがもらった）

源吉はきいっとした視線を大門の到達点に向けた。が、三曲りゆえに見えるはずもない。だが、その脳裏には真っ先に大門前に駆け込む自分の姿があった。

「構えて」

と両者に命じた浩次郎が白旗を上げて、

「一、二の三！」

と振り下ろした。

その瞬間、六尺走りの源吉が姿勢を低くして飛び出し、衣紋坂の下り坂を利して一気に加速した。

わあっ！

という歓声が衣紋坂上に上がり、それが潮騒のように大門前へと押し寄せていく。

源吉が飛び出したのを確かめた鶴千代は遅れて走り出し、一間ほどあとから源吉を追走した。

ひと曲り目、源吉がさらに二間（約三・六メートル）の差をつけて走っていた。

「源吉、源吉、走り屋侍なんぞ後ろ足で砂かけて走れ！」

「十両はいただきだよ！」

と姦しく五十間道中ほどの見物人の間から声援が飛んだ。

その声は源吉の推薦人の村崎同心の耳にも届いた。立会人という役目を忘れて、

「よし、五両はもらった」

とほくそ笑み、源吉が三曲りを曲がって姿を見せるのを待った。

「わあっ！」

「きゃあっ！」

という歓声とも悲鳴ともつかない声が上がった。

「な、なにが起こった」

と村崎同心が目を凝らしたとき、
そより
という感じで先頭の走り手が姿を見せた。

なんと角間鶴千代だった。

六尺走りの源吉は必死の形相で追走していたが、すでに三間ほど差をつけられ、力の差は歴然としていた。

「げ、源吉、どうした」

大門内では薄墨と高尾が、ふたりの走り手に優美にも桜の小枝を振って声援した。

その小枝に誘われるように角間鶴千代が大門前の白線を越え、勢いで大門を潜り、雛壇の前でぴたりと止まった。

「角間鶴千代様、勝ち戦、祝着至極でありんす！」

薄墨が宣告し、振っていた小枝を勝者の角間鶴千代に差し出した。すると角間鶴千代が畏まって桜の一枝を受けた。

おおおっ！

どよめきのような大歓声が上がり、一夜目の走り合いは終わった。

村崎同心が、はあはあ、と肩で大きく喘ぐように息をする源吉を詰問した。

「源吉、なにが起こったのだ」

「だ、だんな、あいつは化け物だ。おりゃ、ついその先まで二、三間離していたんだよ。よし、勝ったと思ったとき、おれの横をすうっと風が吹き抜けた、と思ったときにはよ、もう数間（約五、六メートル）置いていかれていたんだ」

「くそっ、五両を稼ぎ損ねた」

「旦那、魂消たのはそのあとだ」

「なんだ、魂消たというのは」

「角間鶴千代って侍、本気でなんて走ってねえんだよ」

村崎季光同心が最前まで角間鶴千代がいた雛壇下に目をやった。すでに角間の姿はなく、薄墨も高尾も内証花見で呼ばれた馴染客に挨拶するために薄墨は山口巴屋に、高尾は別の引手茶屋に向かおうとしていた。

幹次郎と番方は素見客からふたりの太夫の身を守るべく、幹次郎は薄墨に番方は高尾に従った。その気配を感じたか、薄墨が振り向いた。

「見物でありんした」

「太夫、まず山口巴屋の表口に入ってくだされ」

と願った。本日の客は吉原の素見だ。なぜなら内証花見の宵で遊女は客を取らないからだ。

「太夫、角間鶴千代どのの印象をお聞かせくだされ」

「神守様、わずか一瞬のこと、私が呼びかけたゆえに桜の一枝を受け取られただけにございます」

「太夫はだれよりも男を見る目を備えたお方と存じます。ゆえにお尋ね致しました」

「いささか漠たる感じにございますが、あの眼差しのお方がなにか悪巧みを考えておいでとは思えません。また金子のためにこのような催しに乗ったとも思えません」

幹次郎は首肯した。

「恐れておいでなのは五夜目の相手にございますな」

「いかにもさよう」

「神守様方には不安のことと存じますが、五夜目のそのときまで角間鶴千代様がなぜかようなことを考え出されたか、だれにも見当はつきますまい」

「太夫は四夜目まで角間鶴千代どのが勝ち抜かれると考えておられる」

「神守様はいかがです」

「おそらく」

「万が一これから三夜の相手のどなたかに角間様が敗北なされたとき、その瞬間、この催しは終わりを告げましょうな」

幹次郎は頷いた。


二夜目、初日より花曇りだったが、吉原にさらに大勢の野次馬が集まった。『世相あれこれ』が面白おかしく一夜目の走り合いの模様と吉原の夜桜の賑わいを大々的に報じたからだ。

この宵から吉原はいつも通りの営業だったが、待合ノ辻の雛壇に三浦屋の高尾と扇屋の花扇が並んで座った。

昨日と同じ手順で角間鶴千代と二夜目の飛脚問屋十七屋孫兵衛方の定飛脚が紹介された。一日に二十五里（約九十八キロ）を五日続けて走り通したことがあるすばしりの仁三郎、二十三歳は背丈は五尺一寸（約百五十五センチ）と小さいが、両足の回転は目に見えないほどと評判で、実際に仁三郎は勝負を前に、衣紋坂から大門前まで八分ほどの力で何度か試走し、その度に大群衆から歓声が沸いた。

読売屋の浩次郎が、

「仁三郎さんや、その力を本番に取っておきなされ」

と忠言したが、

「読売屋の旦那、わっしはさ、走り込むほど力が湧いてくるんだよ。好きにさせてくんな」

とさらに二度三度と試走を重ねた。

花火が上がり、宵闇に大輪の花を咲かせたあと、地上のざわめきを引き連れるように消えていった。

そのとき、すばしりの仁三郎と角間鶴千代は出発点の見返り柳に並び立ち、合図を待った。

浩次郎の白旗が上がった。

「一、二の三！」

仁三郎が低い姿勢から飛び出した。その傍らを黒い影が過り、仁三郎が前方に向き直り、全力疾走に移ったときには、影もかたちもなかった。

幹次郎は、衣紋坂から大門前に押し寄せてくる大歓声が昨日より速いことに気づいていた。野分でも吹き抜けてくるような速さだった。そして、鶴千代が涼しげな顔で五十間道の三曲りから姿を見せると、足の運びの速度を落としながら四郎兵衛と村崎同心の間の到達線を抜けて、大門前の雛壇でも止まらずそのまま、水道尻へと走り去った。そして、どこへその姿が掻き消えたか、廓内に角間鶴千代の姿はなかった。

三夜目。相手は下総佐倉藩堀田家の家臣、橡田五郎次、二十七歳だった。橡田は五尺七寸（約百七十三センチ）の鍛え上げられた体つきで、

「お手柔らかに願う」

と角間鶴千代に挨拶し、角間もまた、

「力を尽くします、よろしく」

と短く答えていた。

浩次郎の白旗の振り下ろしとともにふたりがほぼ同時に飛び出し、衣紋坂は並

走が続いた。ひと曲り、ふた曲りと白熱の競い合いが続き、五十間坂の群衆は沸きに沸いた。

三曲りを曲がり、大門が十数間先に見えた。橡田五郎次が最後まで溜めていた力を振り絞って、半歩前へ出ようとした。

その瞬間、隣に旋風が生じたと思ったとき、後ろに置いたはずの角間鶴千代が大門前に先に入り、そのまま大門の横手の群衆の間をすり抜けて、いずこともなく姿を消していた。

この競い合いののち、吉原会所を『世相あれこれ』の浩次郎とネタ拾いの代一が訪れ、次の日の打ち合わせをした。いつものことだが、三夜を終わって、両者のもくろみは十分に達せられていた。

読売は連日売れに売れ、夕暮れどき、吉原の五十間道に詰めかける見物人は日増しに多くなり、催しが終わったあと、ふたりにひとりは夜桜見物へと大門を潜ったから、どこの茶屋も楼も客で溢れていた。

「七代目、このぶんだと最後の五夜まで角間鶴千代様の勝ちが続きそうですね、五十両の用意はようございますな」

「浩次郎さんや、天下の吉原だ。世間様に約したことは必ず守りますよ。それにしても強過ぎる、速過ぎる」

「勝負になりませんな。未だ角間鶴千代様は正体を見せていませんぜ。ありゃ、七、八分の力でしか走ってない。そこで七代目、高田馬場の馬との競走のひそみに倣い、町火消の燕の欽三さんを十間先から走らせたらどうでございましょうな。角間鶴千代様が受けてくださればですがね」

「角間様は受けます。されど弐番組ろ組の火消人足の欽三さんが承知するかどうか。鳶は心意気ですからな、十間の差をつけられて勝負したとあっては、鳶の名折れにございましょう」

「七代目、そいつはわっしに任せてください」

浩次郎が請け合い、四夜目の走り合いは十間の差の勝負と内定した。

その結果、双方の走り手が十間差を受け入れたことで異例の走り合いとなった。

だが、そんな十間の差などものかは、鶴千代があっさりと大門前で燕の欽三を抜き去り、さらに一間の差をつけて勝負が決した。

大門前を角間鶴千代が走り抜けたあと、異様な沈黙が支配した。

五

五夜目、これまでにも増して吉原の五十間道には大勢の人々が早朝から詰めかけて場所取りをして、五十間道の両側の店はもはや商いなどできなかった。だが、商人は転んだところでただでは起きないもので、ふだん呑み食いとは関わりのない商家も裏口から二階へと客を入れ、法外な桟敷料を取って稼いだ。

そんなわけで吉原も昼見世どころではなかった。だが、もはや場所を取れない見物人は五十間道の真ん中、走路を通ってぞろぞろと大門へと下り、そのまま仲之町の桜を見物した。そしてこの日は格別に下ろされた跳ね橋(はばし)から吉原の裏手に追い出された。

この跳ね橋を下ろしての出入り口は鷲神社(おおとりじんじゃ)の祭礼の折りなどに使われたもので、吉原会所では廓内に大勢の見物人が逗留して騒ぎが起こらないようにしたのだ。それでも見物人たちは、

「せっかく来たんだ。昼見世に上がってよ、夜見世まで居続けしようよ」

「よっちゃん、そんな銭を持っているのか」

「だから、おめえの懐を当てにしての話だよ」

「冗談はあさって言いな。おれの巾着には銭がぱらぱらって、冴えない音を立てているだけだ」

「えっ、そんな巾着持って大の大人が大門を潜ったのか」

「そういうおまえはおれの金を当てにしての吉原じゃねえか」

「鷲様にお参りして長屋に帰るか」

「くやしいな。もう一度よ、五十間道に戻って道筋の茶屋の屋根なんぞに上がらないか」

「こちとら屋根職だ。屋根に上がるのはお手のものだもんな」

などと言い合いながら、鉄漿溝に架かる跳ね橋を渡ってまた大門前へと人の群れが流れていった。

大門内では面番所の村崎同心が緊張の様子で奉行所の上役の臨時の巡視に従い、廓内から衣紋坂への走路を見廻っていた。

奉行所でも五夜通しの大走り合いが大評判を呼び、大騒ぎになったために警戒を強める意味合いもあった。だが、本心は違った。隠密廻りが吉原を監督するという特権を盾に、あわよくば五夜目の走り合いを見物しようとの魂胆があっての臨時見廻りだった。

吉原会所では刻限の半刻前に四郎兵衛、仙右衛門、長吉、若い衆、幹次郎らが顔を揃え、そこへ『世相あれこれ』の浩次郎らが満面の笑みで姿を見せて、最後の打ち合わせに入った。

「浩次郎さん、笑いが止まらないようだね」

四郎兵衛が濡れ手で粟の浩次郎に皮肉を言った。吉原にも魂胆はあったが、いちばん得をしたのは、

「人の褌で相撲」

を取った感のある読売屋だった。なにしろ連日ふだんの何倍もの売り上げがあるというのだ。

「お陰様で昨日なんぞは刷っても刷っても売れ行きに追いつきませんでな、わっしら一睡もしておりませんよ」

と応じた浩次郎が、

「七代目、吉原だってこれだけの客だ、余禄がございましょうが」

「客もここまで詰めかけると商いどころではありませんよ。まあ、楼も引手茶屋もあれこれ算段して稼ぎを考えているようですがね」

と満更でもない顔をした四郎兵衛が、

「浩次郎さんや、五夜目の相手は現われますかね」

と懸念を問うた。

「角間鶴千代様の言葉を信じるしかございませんよ。それでも現われなかったら、四郎兵衛様、どうします」

「そこです。うちでもあれこれ思案してね、奥山の大道芸人の樽乗りをひとり捉まえてございますよ」

「さすがは吉原会所だ、準備おさおさ怠りなしですね。で、その樽乗り、健脚にございましょうな、角間様相手にございますからね」

「奥山では樽乗りの政の親父なら、角間鶴千代様といい勝負と評判が立っているそうな。その噂を神守様が聞きつけてこられましてね、隠し球ですよ」

「親父と言われましたか」

「歳は四十八」

「なんですって、五夜目の最後を飾る相手としてはいささか華がございませんな。大丈夫ですかえ、最後に会所とわっしらが恥を掻くのは御免ですぜ」

浩次郎が幹次郎を見た。

樽乗りの政の存在を知らせてくれたのは出刃(でば)打ちの紫光(しこう)太夫である。幹次郎の出刃打ちの師匠である紫光太夫が推挙したほどの人物だ、そこそこには走ると思われたが、有終(ゆうしゅう)の美を飾る走り手としては大道芸人、五十前の親父ではなんとなく地味だった。それでも幹次郎は四郎兵衛と仙右衛門に相談すると、

「紫光太夫の推薦ですか。有難く仮の五人目を確保しておきませぬか」

四郎兵衛が答え、樽乗りの政は密かに引手茶屋山口巴屋の男衆部屋に待機していた。政当人に会ったのは若い衆の宗吉(そうきち)だけだが、

「ただのむさい親父ですよ。あれで五十間道を走り切れるのかね。あの侍と走り合いなんて無理ですぜ」

と首を傾げたものだ。

ともかく最後の打ち合わせが入念に始まり、それが終わらんとしたとき、五十間道で突然、

わああっ！

という歓声が起こり、段々と大門前へと押し寄せてくる様子があった。まだ走り合いの刻限までに四半刻ほどあった。

「な、なんだ」

と一同は会所を飛び出した。

面番所からも与力同心が姿を見せた。

大門内から五十間道までの走路には人影はない。むろん両側の大群衆を鳶連が必死で衣紋坂から大門前まで張った縄の外側へ押し戻そうとしていた。

「なにが起こったのですかな」

四郎兵衛が呟くところに大歓声がゆっくりと波のように移動してきて、それに三曲りの見物人も加わった。だが、大門前からは大歓声の因はなにか確かめることはできなかった。

「あっ、角間鶴千代様だぜ」

宮松に肩車させた金次が叫んだ。そこへ白鉢巻きに白の小袖、裁着袴に白足袋姿も凛々しい角間鶴千代が悠然と走路の中央を歩いてきた。

どうやら五夜目の走り合いを前に走路を点検し、今宵の走り方を頭の中で想念しているらしく、ぶつぶつとなにごとか呟きながら、ときに足を股の高さに交互に上げ、両腕を前後に振って、準備に余念がない。

「角間鶴千代様、すてき!」

とか、

「あたいのいい人にしてあげるよ」

とか見物の女衆が叫んでもどこ吹く風だ。

「なかなかの集中ぶりですぜ」

と番方が言い、

「番方、相手が現われるかどうかに、この企てが成功するかしくじるかが、かかっておるぞ。大丈夫であろうな」

と村崎同心が案じてくれた。

「こいつばかりはあのお方次第だ」

角間鶴千代が大門前の到達点に辿りつき、新たな大歓声が響き渡った。

「角間様、体調はいかがにございますな」

『世相あれこれ』の主の浩次郎が問いかけた。集中する心を邪魔された角間が、きいっ
とした鋭い視線を浩次郎にやったが、主催者のひとりと分かり、

「なんの差し障りもござらぬ。絶好調にござる」

と言い放った。

「問題はひとつございますよ」

「なんだ」

「なんだって相手がいなきゃあしようがない」

「必ず現われる」

と言下(げんか)に応えた角間の表情に微妙な緊張があることを幹次郎らは見ていた。

くるり

と後ろに向き直った鶴千代がまた衣紋坂の方角へと走路の中央を想念をふたたび集中させながらゆっくりと歩いていった。

この五夜目の宵、遅く見物に来た人々が走路への立ち入りを禁じられたあとも角間鶴千代は、二度ほど衣紋坂から大門前までゆったりと歩きながら、ときに瞑想して手振り足振りで最後の走り合いの仮想訓練をしていた。

刻限が迫り、清掻の調べに乗って一夜目と同じく薄墨太夫と高尾太夫が花魁道中を繰り広げ、待合ノ辻の大桜の下の雛壇に陣取った。

花火が上がり、大門前では四郎兵衛がそわそわと落ち着かない挙動で幹次郎を見た。

樽乗りの政を衣紋坂に連れていくかどうかと訊いているのだ。

幹次郎は目に見えぬ衣紋坂の方向に視線をやった。これまで以上の緊張が伝わってきて、大群衆が固唾を呑んでその瞬間を待ち受けていた。

「四郎兵衛様、それがしが様子を確かめて参ります」

と言い残した幹次郎が走路の左側を三曲りへと歩いていった。

見物の衆が黙って幹次郎の歩きを見ていた。

二曲りに差しかかり、衣紋坂上の見返り柳が見えた。新芽が出たばかりの枝もだらりと垂れていた。

そして、白衣装の角間鶴千代だけが出発点に立ち、その周りを継裃姿の浩次郎がうろうろとしていた。

（現われぬか）

と幹次郎が考えたとき、山谷堀を越えた浅草元吉町の方角で歓声が上がった。

そして、その驚きの声が段々と衣紋坂上に近づいてきた。

「本当に五夜目の走り手が現われた様子だぜ」

と幹次郎が足を止めたひと曲りの見物人のひとりが呟いた。

衣紋坂の背後、山谷堀に架かる土橋の群衆がふたつに割れて、薄紅色の小袖と裁着袴に同色の鉢巻きを締めた若い女が姿を見せて、角間鶴千代に会釈をすると、出発線内に右足を置いて構えた。

浩次郎が張り切った。

「吉原会所と『世相あれこれ』が企てましたる五夜通しの五十間道大走り合い会も本日が最後になりましてございます。四夜、相手を完膚なきまでに負かした角間鶴千代様の相手は、な、なんと見目麗しい娘にございますぞ!」

と声を張り上げ、それが段々と衣紋坂から大門前へと伝わって、その場の全員が驚愕した。

「娘だって、話になるめえよ」

「だけどよ、角間様が勝つのは決まっているんだ。ならば相手は愛らしい娘でよ、負けて、よよと泣く姿を見てみたいぜ」

などと勝手なことを言い合った。

衣紋坂では浩次郎が、

「娘さん、おまえ様の名は」

「かめにございます」

「えっ、鶴様の相手がかめかえ。そりゃ、走る前から勝負が決まっているぜ」

と呟いた浩次郎がさらに訊いた。

「歳はいくつだ」

「十七歳にございます」

よし、と頷いた浩次郎が、

「五夜目の相手は娘走り手のかめでございます。芳紀まさに十七歳にございます

ぞ！」

と高々と声を張り上げ、

「ご両人、よろしいか」

鶴千代とかめが頷いた。

その鶴千代の顔にはどことなく重い安堵の情があるのを幹次郎は見ていた。

白旗が上げられた。

五十間道に新たなる緊迫が走った。

「一、二の三！」

浩次郎が白旗を振り下ろすと白衣装の鶴千代、薄紅衣装のかめがほぼ同時に走

り出した。

この宵、鶴千代は初めて低い姿勢で飛び出し、かめもまたそれに負けじと従っ

て踏み込んだ。

三、四歩で両者は全力疾走に移った。これまでの四夜よりも断然早い展開だっ

た。

薄紅色と白の風が吹き抜けていくようだった。

ひと曲り目をふたりして寸毫(すんごう)の差もなく走り去った。

幹次郎は両者の手足の動き、体の使い方を見ていて、

(まるで同一人物が走っているように似ている)

と思った。

ふた曲り目もほぼ同時に通過した。

幹次郎は走路の中、小走りにふた曲り目から三曲りへと向かった。だが、すでに両人の影もかたちもなかった。

大群衆の歓呼、悲鳴、喚(わめ)き声、ごった混ぜになった大歓声が響いているばかりだった。

四郎兵衛らは必死の形相で走る角間鶴千代を初めて見た。そして、その傍らを美形の娘が必死に並走する姿に感動した。

鶴千代がわずかに出た、と思えた。だが、かめが追いすがり、ほぼ同時に大門前の到達線を通過し、待合ノ辻の雛壇前で足を止めた鶴千代が、

「かめ」

と名を呼ぶと娘が鶴千代の胸の中に飛び込んでいった。

そんな様子を薄墨と高尾太夫が微笑みつつも憧憬の眼差しで見ていた。

翌日、江戸じゅうに『世相あれこれ』が大々的に売り出された。

日本橋の高札場前に読売を求めて、大勢の人々が集まっていた。

そんな中、刷り上がったばかりの読売の束を持って、ネタ拾いの代一が吉原被りも粋に登場し、踏み台に上がった。そして、閉じた白扇を大群衆にぐるりと回して注意を惹きつけると、

「花の吉原恒例の弥生三月の夜桜に興を添えた五夜通しの大走り合い会、予想通りに角間鶴千代様が大勝利を挙げられたよ！

だがな、五夜通して連覇したのが凄いんじゃないよ。なんと五夜目に現われたる走り手は芳紀十七歳の美しき女子だ。驚いたか、皆の衆」

「鶴千代様の許嫁か」

「許嫁か、そうじゃないんだよ。十一年前に石州で神隠しに遭ったように行方を絶った妹のかめさんだったんだよ。いいかえ、このふたり、物心ついたころから足が速く、野山を猿や猪と走り合いをしていたという兄妹だ。神隠しに遭った

数年後、京から石州に噂が伝わってきた。なんでも五条の大橋で通り通りの人に走り合いを願って勝てばなにがしかの鳥目をもらうという娘の話だ。鶴千代様は、妹に相違ないと京に出て、その娘を捜し歩いたがどうにも見つからない。その内だ、東海道の尾張名古屋にいるという噂だ。兄はこうして妹を捜し求めながら、花のお江戸に出てきて、この都で金を賭けた走り合いを続ければ、必ず会えると信じて、『世相あれこれ』の企てに乗り、夜桜で賑わう吉原の五十間道での五夜通しの大走り合い会に出られたのだ。いいかえ、皆の衆、詳しい話は読売に事細かに書いてある。『世相あれこれ』を買ってくんな。五夜通しの大走り合いの催しに秘められた兄と妹の秘めごとが書いてあるよ！」

この朝、幹次郎は五つ半（午前九時）の刻限まで眠り、台所に行くと板の間に朝餉が用意してあった。

手拭いを提げて井戸端に行くと髪結のおりゅうが、

「ご苦労でしたね。角間鶴千代って侍に会所も読売屋も引きずり回されたと言えなくもないね」

「終わりよければすべてよし、と考えるべきだろうな」

と幹次郎は答え、不意に言葉が浮かんだ。

夜桜が　眺めた五つの　物語

この駄句、姉様には秘密にしておこうと幹次郎は思った。

二〇一二年十月　光文社文庫刊

光文社文庫

長編時代小説
夜桜(よざくら) 吉原裏同心(よしわらうらどうしん)(17) 決定版
著者 佐伯泰英(さえきやすひで)

2022年12月20日 初版1刷発行

発行者 三宅貴久
印刷 萩原印刷
製本 ナショナル製本

発行所 株式会社 光文社
〒112-8011 東京都文京区音羽1-16-6
電話 (03)5395-8149 編集部
8116 書籍販売部
8125 業務部

ISBN978-4-334-79414-9 Printed in Japan

組版 萩原印刷